# El Revelador De Almas

## (El Poder Del Arte)

Elí Benítez Art

ELI BENITEZ ART

# DEDICATORIA

Dedico este libro a quien busca en el arte algo más que una simple imagen, logrando vivir en la dimensión de un mundo donde lo fantástico refleja la realidad del corazón.

A ti que, leyendo este libro, haces tuyo mi sueño de vivir la aventura de todos aquellos que se esfuerzan por lograr lo que parece imposible.

# CONTENIDO

PROLOGO

1   **LA PRIMERA PRUEBA.**

2   **EL GRAN SUEÑO.**

3   **EL ENCUENTRO.**

4   **DIGAME USTED SU COMENTARIO.**

5   **EL NUEVO PROFESOR.**

6   **¿TE PUEDO CONFIAR UN SECRETO?**

7   **COMPARTIENDO EL SECRETO CON MI COMPLICE.**

8   **PINTANDO A LOS GRANDES MAESTROS.**

9   **EL NUEVO HALLAZGO.**

10  **UN NUEVO RETO.**

11  **UNA INTUICION MUY INSINUEANTE.**

12  **UN NUEVO COMPLICE.**

13  **DESIFRANDO EL MENSAJE.**

14  **¿JACKIE DONDE ESTAS?**

15  **MAS QUE UN SUEÑO.**

16  **EL ALMA EN EL LIENZO.**

17  **UN NUEVO DÍA.**

18  **NOTAS DEL AUTOR Y ALGUNAS OBRAS.**

# PRÓLOGO

Cuando recibí la encomienda de escribir el prólogo de esta narración no pude dejar de alegrarme, pues normalmente prologar es casi un oficio de consagrados, con muchos revuelos críticos, literarios, a veces metafóricos y de otros los cuales rozan la indolencia. Al recordar la cita bíblica: *"¿Qué padre de vosotros, si su hijo le pide pan, le dará una piedra?" (Lucas 11:11),* fue imposible negarme.

Presentar a mi hijo como pintor es fácil, pero hacerlo como escritor en relación a una obra literaria, dentro de una narración anecdótica en función de una trama ficticia la cual podría ser perfectamente adaptada a cualquier formato de las artes escénicas y siendo éste un empeño gigante para un escritor, no precisamente avezado sino todo lo contrario, un aprendiz, así como el personaje principal de esta obra; eso es otro asunto. Este desdoble pintor - escritor, describe el carácter y la valentía de una propuesta, donde con el uso del suspenso, el autor logra atrapar al lector en la necesidad de conocer más de las interioridades de cada uno de los personajes y de una manifestación artística tan polémica como la pintura. Para alguien oriundo de un pequeño poblado pesquero de la costa norte cubana, graduado con mucho esfuerzo como instructor de arte, es increíble cómo logra una narración donde se reflejan aspectos autobiográficos sin rozar la realidad; usando nombres de personas reales quienes han tenido relación directa con él, sin referirse en lo más mínimo con sus vidas verdaderas y personalidades. Definitivamente este libro es también un gesto de reconocimiento a esa amistad y a la importancia de cada uno de ellos en el desarrollo profesional y personal del autor. Todos estos detalles motivaron a este pintor devenido escritor a explorar en la literatura, para adentrarnos en el extrovertido mundo de las artes plásticas y sus controversias.

El discurso es una invitación directa a cualquier persona que viva en un clima de frustración y desesperanza, a sobreponerse en fe a esa adversidad y creer plenamente en la posibilidad de triunfar; y a usted amigo lector sugerirle tener siempre presente: *"Sobre toda cosa guardada, guarda tu corazón; porque de él mana la vida". (Proverbios 4:23);* tan solo siembre amistad y amor y cosechará felicidad al igual a los protagonistas de esta atrevida propuesta.

# CAPÍTULO I

# LA PRIMERA PRUEBA

En algún lugar remoto de nuestro hermoso planeta, sucedía delante de los ojos de muchos una historia fabulosa la cual muy bien podría ser la nuestra.

Era en una escuela de un pueblecito muy pequeño, de esos donde sus habitantes se enteran en segundos de cualquier cosa acontecida prácticamente antes que ocurra; pero también era uno de esos lugares donde se creía fielmente en la idea por la cual todo joven debía prepararse en la vida para ser alguien de bien.

Entre las diferentes propuestas que los alumnos podían optar, la escuela iniciaba un curso muy curioso y por demás muy especial, donde la condición básica para poder participar en él, era tener el talento necesario, o al menos el suficiente para ser reconocido como pintor por sus vecinos y amigos cercanos. Este era un curso de arte con tres años de duración y cuyo objetivo consistía en enseñar los diferentes estilos de una de las ramas más hermosas del arte, "La Pintura".

Pues así comienza esta interesante historia:

-Para el conocimiento de todos, mi nombre es Robin, pero ustedes pueden llamarme simplemente, "Profesor".

Caminando de extremo a extremo con pasos lentos proseguía:

-Yo estaré con algunos de ustedes por tres años, si digo, "algunos", es porque muchos de ustedes se quedarán en el camino y quizás no aprueben el curso.

Las palabras pronunciadas por el profesor se escuchaban con sarcasmo mientras paseaba su mirada pausadamente sobre cada uno de los miembros del grupo de estudiantes asistentes.

Era fácil reconocer a este profesor, como uno de esos inolvidables, para cualquier estudiante por el resto de su vida.

-Para empezar, cada uno de ustedes deberá realizar en este momento, un dibujo de libre creación, cualquier cosa, alguna inspiración guardada en sus sentimientos; pero la única condición es dejar ver todo el talento que dicen tener.

Fue así como el profesor iniciaba la clase donde se encontraban unos treinta alumnos y todos ellos soñaban con ser, algún día, un artista reconocido.

Inmediatamente el profesor les repartió papel para dibujar y de esta forma todos tendrían la difícil tarea de plasmar el alma en una superficie de papel para, de alguna manera, impresionar a tan exigente profesor.

Los estudiantes estaban trabajando muy concentrados, sólo se escuchaban los sonidos emitidos por los sigilosos trazos del grafito sobre el papel y algún otro sonido producido por la fricción delicada del borrador; no podía existir la mínima probabilidad de dañar la consistencia de aquella hoja blanca.

Pasadas las tres horas asignadas por el profesor se escuchó una voz de mando diciendo:

-Estudiantes, escriban su nombre y primer apellido en la esquina derecha del papel y por favor, colóquenlo en mi escritorio en este momento.

Todos los estudiantes siguieron las instrucciones dadas por el profesor. Estaba muy clara la exigencia de la disciplina extrema para poder formar parte de esta clase.

El profesor se sentó, sacó unos espejuelos con montura de pasta negra y de espesor grueso, se los puso y respirando profundamente comenzó a realizar su trabajo de evaluador estricto mientras todos observaban, con una mezcla de curiosidad y miedo, como él hacía su tarea.

Luego de revisar cada uno de los dibujos, el profesor se levantó de su escritorio; y mientras movía su cabeza en forma de negación, caminó lentamente hacia el centro de salón y dijo:

-Voy a entregar los dibujos por orden de puntuación, de mayor a menor. No se sientan mal, pero hay unos mejores que otros.

La misma mirada que antes evaluaba sin piedad las "obras de arte", ahora se posaba en el techo del aula mientras con una voz susurrada comentó: ...Así es el arte.

Pobre de aquel cuyo talento luciría como "nada" delante de todos.

Luego de calificar los dibujos y dar halagos a los diez mejores, aconsejar a los diez intermedios y hacer pasar vergüenza a los diez últimos, quienes al parecer, no dominaban los trazos como tampoco la técnica básica de luces y sombras para dibujar; el profesor, se dirigió a uno de los estudiantes y dijo:

-¿Y esto qué es muchacho? ¿Tú nunca has dibujado?

¿A esto le llamas un dibujo?; ¡No, no, no, esto no es un dibujo! Estás en la carrera equivocada, dedícate a otra cosa y créeme lo digo en serio.

El desafortunado estudiante era un joven llamado Marcos, el cual, se sintió morir al escuchar tales ofensas dichas en tono de burla por el profesor, mientras todos los demás se reían de él, con la excepción de un joven quien estaba sentado en la mesa de al lado, el cual al girarse hacia él le dijo:

-¿Qué se ha creído este profesor? ¿Acaso cree que nacemos sabiéndolo todo?

En ese momento, para Marcos los segundos se hacían horas y el pobre sólo escuchaba las risas de sus compañeros, éstas eran como voces en forma de ecos que atormentaban el ego de cualquier persona.

# CAPÍTULO II

# EL GRAN SUEÑO

Marcos se marchó a su casa con el alma completamente destrozada.

-¿Cómo puede haber personas así tan malas?

¿No les importan los sentimientos ajenos?, burlistas e insensatos.

Pensaba el joven en voz alta, quien estaba tan afectado porque sentía todas las miradas sobre él, e imaginaba como si se burlaban, como si el mundo entero hubiese estado presente durante aquel eterno momento.

Al llegar a su pequeño cuarto, después de haber derramado tantas lágrimas por todo lo sucedido, cayó dormido profundamente.

Pasada la media noche comenzó a soñar; alguien pintaba un enorme lienzo, no podía distinguir quién era, pero sí veía claramente sus vestiduras de blanco y el brillo sin igual de su rostro.

Marcos estaba viviendo uno de esos sueños, en los cuales las cosas eran tan reales, que pareciera estar despierto.

Mientras seguía viendo a aquella persona pintar tan afanadamente, quiso tratar de enfocar la mirada para ver quién era, cuando intempestivamente escuchó una voz diciendo:

*"Marcos, no te sientas mal, tú tienes el talento. Desde ahora en adelante pintarás como nunca antes y podrás ver aquello que sólo los grandes maestros vieron: el alma de toda persona a quien pintes. Tú tienes el don y a través del arte de la pintura, podrás cambiar las almas de las personas".*

Definitivamente la gente común piensa que los sueños son sólo sueños, pero seguramente hasta la persona más escéptica guardaría dudas en su memoria después de haber vivido un sueño como el de Marcos.

Al día siguiente, luego de haber dormido profundamente, el joven se despertó muy temprano y al abrir sus ojos, miró a su alrededor, en su cabeza sólo daba vueltas aquella voz hablándole en el sueño y de la cual no lograba recordar exactamente el contenido de sus palabras, aunque sí recordaba claramente esa sensación de paz y aliento producida al ser escuchada.

Al levantarse, Marcos se encontró con una inesperada e inexplicable sorpresa. Justo frente a sus ojos, había un lienzo recostado a la pared, el cual con toda seguridad no estaba allí cuando se había acostado a dormir.

El lienzo estaba colocado de forma tal que la pintura quedaba viendo hacia la pared y gracias a una luz tenue y hermosa que, emanada de ella, **Marcos quedó prendido de aquel reflejo que** lograba atrapar su atención.

Con pasos temerosos decide acercarse a la pintura, la tomó en sus manos y lentamente la volteó, colocándola sobre uno de los caballetes existentes en el cuarto.

Marcos comenzó a contemplar la imagen plasmada y con mirada anonadada por el asombro de toda esta vivencia, cayó en cuenta de estar frente a una gran obra de arte.

Era una escena de cinco personas:

-La figura central se me parece a Cristo… pero los otros no sé quiénes son.

-¿Cómo es posible? ¿Estaré aún dormido?

Marcos estaba realmente asombrado mientras meditaba y sostenía su barbilla la cual sentía como si fuese a caérsele de la sorpresa. Definitivamente en ese momento había quedado atrás aquel capítulo tan amargo vivido con su profesor, ahora su asombro era demasiado, no sabía cómo proceder. Y fue así como caminó rápidamente hacia el lavamanos y echándose agua fría se lavó la cara frotándose fuertemente los ojos, quería despejar la duda por si aún estaba soñando.

Al regresar a su cama vio como todo seguía igual.

-¿Ese enorme lienzo frente a mí?

-¿Quiénes son esas personas pintadas en el cuadro?

El joven se hacía esas preguntas una y otra vez mientras seguía tratando de encontrar alguna respuesta a lo que estaba viviendo, cómo podía aparecer una obra de arte al pie de su cama así, sin explicación, por arte de magia.

# CAPÍTULO III

# EL ENCUENTRO

Hay días en los cuales nada nos salva de sentirnos solos y éste era uno de ellos para Marcos. A penas sin tener noción clara de lo ocurrido salió de su casa y aún contrariado se dirigió a una esquina donde se encontraba uno de los lugares más frecuentados por él. Ansiosamente pidió un café.

-¡Señorita!

Marcos levantó su mano derecha mientras colocaba su dedo índice hacia arriba. La mesera se acercó con simpatía diciendo:

-¿De nuevo por aquí?, ¿el café con azúcar como siempre?

-Sí, por favor.

La mesera al traerle el café nota la cara de desorientado del joven y le dijo:

-El café está como siempre… uhm… pero usted no parece el de siempre. ¿Le sucede algo?

Marcos la miró y no se atrevió a responder.

La cara de confusión del joven era fácilmente

descifrable, a tal punto que la mesera decidió hablarle:

-¿Sabes joven? pasamos de ser niños a ser hombres y de ser niñas a ser madres en un abrir y cerrar de ojos. No te asombres por nada, cada día es un milagro y eso lo debemos tener siempre en cuenta.

La sabiduría de aquella mesera era impresionante. Es muy cierta la frase: *"La sabiduría clama en las calles"* *(Proverbios 1:20)*, sólo debemos escucharla.

-Yo sonrío cada día y doy gracias a Dios por mi vida, pero muy dentro de mí, vivo un vacío muy fuerte.

La mesera tomó una respiración profunda, prosiguió y le dijo:

-Mira joven, la cosa más dura es amar cuando no se es correspondido; ¿y a mis años?, no es fácil.

Aunque no te miento, el amor todo lo puede; mi corazón late fuerte; y algún día sus latidos llegarán a él… porque ya perdoné.

El joven escuchó con asombro las palabras de aquella mujer y aunque no entendió mucho, le sonrió con agradecimiento y al mismo tiempo decidió sentarse en una mesa solitaria al final del lugar. Marcos necesitaba pensar, estaba muy confundido.

-Es que, no soy una persona supersticiosa, nadie me va a creer y lo peor es no poder contarle esto a nadie, quedaría como un mentiroso.

El joven pensaba muy preocupado mientras se debatía en medio de una gran incertidumbre tratando de hallar alguna respuesta, no podía dejar de pensar, cuando de repente, bum...siente como su café se derrama sobre su ropa, alguien había golpeado fuertemente su mesa.

-Disculpa, disculpa no fue mi intención.

Las palabras venían de una hermosa mujer con un tono de voz muy seductor.

-¿Te quemaste?

-No, no, estoy bien.

Marcos respondió mecánicamente mientras secaba su pantalón con una servilleta.

Marcos traía consigo un cuaderno de dibujos el cual había quedado totalmente cubierto de café.

Mientras él trataba de secar el cuaderno, la mujer entrometía su mirada buscando ver sus dibujos.

-¿Eres artista?

-No, soy estudiante, aún me faltan tres años.

-¿Y tú? ¿A qué te dedicas? ¿Cuál es tu nombre?

-Jackie, ese es mi nombre y estoy estudiando historia del arte; quiero aprender sobre los grandes maestros y los diferentes estilos del arte.

-Ok, Jackie es un placer y no te preocupes por el cuaderno, son sólo dibujos, y no son tan buenos.

Marcos hablaba con una sonrisa mientras expresaba la duda de la calidad de sus dibujos y su capacidad para terminar los tres años del curso. La joven seguía entrometiendo su mirada con curiosidad y asombro al mismo tiempo.

-No digas eso, ¿déjame ver?, ¿cómo así?, ¡tienes mucho talento!; dicen que, aún teniendo talento, todo es cuestión de práctica, sólo debes dedicar siempre más tiempo y eso mejora mucho los trazos.

Jackie levantó su cabeza, y lo miró dulcemente.

Ella tenía una mirada muy peculiar, además de exótica, quizás por sus ojos con los cuales podía ver más adentro en comparación a cualquier otra     persona.

El sintió una enorme seguridad, algo profundo e inexplicable y casi instintivamente le correspondió diciéndole:

-Muchas gracias por tu halago.

Las palabras de Marcos fueron escuchadas por Jackie que se marchaba rápidamente perdiéndose entre las personas sentadas en las mesas del lugar.

Es increíble como un simple tropiezo puede regalar

te la más hermosa de las miradas.

# CAPÍTULO IV

# DÍGAME USTED SU COMENTARIO

Marcos se sentía solo, muy solo. Apresurado ve su reloj y se percata de la hora. Se levanta rápidamente de la mesa, y con premura, comienza a correr por todo el camino, era aquel mismo camino aún húmedo de tantas lágrimas derramas por él hace tan sólo horas atrás. Al llegar a la escuela, todos los pasillos estaban vacíos, era evidente, lamentablemente la clase había comenzado.

Aún con mucho temor Marcos se armó de valor y pidió permiso, tomó asiento como si nada hubiese pasado y como era de adivinar, al instante todas las miradas estaban sobre él.

El profesor se le acercó y sin determinarlo le dio un papel y le dijo:

-¿Ves esa obra colocada allá al frente?, ¿la que está en la pared?

Marcos acertó lentamente con su cabeza.

-Obsérvalo muy bien y has una copia de esa imagen en este papel.

Todos los estudiantes del aula estaban enfocados en copiar el retrato de un anciano, el cual tenía una barba blanca espectacular y el ceño fruncido inspirando mucha sabiduría.

-Algo pasa, -pensaba Marcos en voz alta.

-Me siento muy ligero al dibujar los trazos, ¡siento como si me salieran casi perfectos!

Sólo habían pasado cuarenta y cinco minutos y ya el joven daba por terminado el dibujo, volteó el papel y se disponía a salir del aula para respirar un poco de aire.

-¿Ya terminaste? -preguntó el compañero de clase cuyo asiento estaba justo al lado de Marcos.

-Sí.

-¿Me lo dejas ver? -insistió el compañero mientras sonreía pensando que Marcos bromeaba.

-Por cierto, me llamo Abdiel. ¿En verdad terminaste?

Marcos levanta su dibujo para mostrárselo y de inmediato Abdiel abrió sus ojos con expresión de asombro.

-Por favor, pueden dejar el murmullo y hacer silencio.

El profesor lucía un poco enojado porque escuchó que conversaban.

Los jóvenes sonríen unos con otros y Marcos se levanta para entregar su trabajo, le da un apretón de mano y le dijo:

-Yo soy Marcos, mucho gusto.

-¿Ya terminaste Marcos? -le pregunto el profesor mientras se levantaba de su asiento.

-Sí profesor Robín.

-¿Cómo así? Si acabas de empezar -el profesor lo miró asombrado mientras Marcos le dijo con un tono suave:

-No entiendo lo que está pasando, pero siento mi mano como si no fuera la mía; pero allí está el dibujo, júzguelo y dígame usted sus comentarios.

El profesor caminó hacia la mesa mientras todos los demás estudiantes hacían silencio y miraban con asombro.

-Es increíble, ¿cómo apenas ayer no sabías ni si quiera agarrar un lápiz y hoy me sales con esto? -golpeó la mesa, torció el rostro y con cabeza agachas salió del aula apresurado.

Los estudiantes corrían a ver el dibujo. Todos miraban con reverencia a Marcos, el cual no podía entender nada de lo sucedido.

La clase entera seguía esperando por el profesor Robín para hacer entrega de los dibujos.

Llegó la hora de partir y los jóvenes colocaron sus trabajos en el escritorio y se fueron a sus casas.

Así fue como después de ese episodio, no se escuchó más hablar del profesor Robín en todo el pueblo. Muchos comentaban de su desaparición, según dicen, dejó de dar clases y al parecer no tocó más los pinceles. El pobre hombre no logró superar el hecho de ver a su alumno inexperto dibujar mejor que él en apenas su segunda clase. Para Robín, aquella frase del buen alumno superando al maestro, definitivamente era un mito; y jamás podía ocurrir.

La arrogancia y la falta de humildad nunca permiten reconocer el talento ajeno y convierten a cualquier persona en un ser humano muy pobre.

## CAPÍTULO V

# EL NUEVO PROFESOR

Como enredadera en árbol, así crecían las historias relacionadas a la partida inexplicable de profesor Robin.

Estas cosas ocurren no muy seguidas; pero por otro lado la vida continuaba para aquel grupo de treinta, quienes soñaban con llegar a ser como los grandes pintores.

Al abandonar Robin la clase, el director de la escuela trajo a un profesor suplente, Yurbis.

Lucía como una persona un poco calmada, enamorado del arte, pero sobre todo "prudente".

A tan solo unos cinco días de haber empezado esta nueva aventura, se encontraban todos en el aula, cuando el profesor suplente y supuestamente prudente comenta:

-Buenos días.

Los estudiantes como de costumbre respondieron su saludo y no tenían idea de la poca "prudencia" del suplente.

-He escuchado los rumores de lo acontecido - comentó el profesor Yurbis mientras todas las caras se levantaron al mismo tiempo hacia la mirada del suplente. Las respiraciones se detuvieron, no se escuchaba ni el viento entrando por la ventana, parecía como si en ese segundo se paralizó el mundo y todo comenzaba a suceder en cámara lenta-. Mi intención aquí no es humillarlos a ustedes ni mucho menos tratar de demostrarles que yo soy mejor. No es así, yo pienso que el talento no tiene medida y mucho menos cuando viene del cielo; pero no puedo dejar de ser honesto con ustedes y la verdad me asombra mucho lo sucedido.

Las caras de los treinta continuaban congeladas y a la espera de cuál sería el desenlace de este comentario.

Con una sonrisa y con algo de drama en su mirada el suplente se atrevió a preguntar:

-¿Quién es Marcos Del Valle? Póngase de pie por favor.

(Todas las caras giraron al mismo tiempo como respondiendo a una voz de mando de algún militar ordenando, de-re -cha).

Marcos se sentaba siempre de primero en la primera fila de la derecha del salón.

Con sencillez y al mismo tiempo con un poco temor, se levantó.

-Disculpe si lo incomodo Marcos, pero mi objetivo es sólo preguntarle si me podría hacer el favor de explicarme ¿Cómo alguien no sabía ni manejar bien un lápiz, al siguiente día dibuja a la altura de un genio?

El joven quedó atónito a tal pregunta y como pensando en voz alta sólo pudo decir:

-Si le cuento, usted no me creerá nada… -Marcos bajó su cabeza y mirando a sus pies guardó silencio.

-Ok, si no me quieres decir, estás en tu derecho, pero no te sientas mal era sólo una curiosidad.

Vaya forma de aclarar una curiosidad; este suplente podría tener muy buenas cualidades como profesor, pero algo quedaba claro, "la prudencia" no era una de ellas. Quizás si hubiese llamado a Marcos aparte, las cosas pudieran haber sido diferentes. El seguramente tuviera aclarada su duda, pero sobre todo hubiese podido desahogar toda la presión llevada internamente

# CAPÍTULO VI

# ¿TE PUEDO CONFIAR UN SECRETO?

Luego de haber salido de aquella interminable clase, Marcos se dirigía hacia la biblioteca del pueblo. Su cabeza no paraba de pensar, definitivamente tenía muchas preguntas y ninguna respuesta.

Tomó un libro de historia del arte del renacimiento y al hacerlo, escuchó cuando alguien le dijo:

-¿Hola, te puedo ayudar? -hubo un silencio imponente al ver la figura envejecida de aquel hombre-, ¿primera vez por aquí?

-Sí, primera vez, estoy buscando un libro de historia del arte.

-¿Me permites verlo? ¡Oh! ¿Estas buscando información del renacimiento?

¿Cómo te llamas? -dijo el viejo.

-Mi nombre es Marcos.

-¡Oh, Marcos!, ¡como Marcos Aurelio! -hizo una pausa y preguntó-: ¿sabes? en esa época del renacimiento coincidían en la misma ciudad dos grandes genios de la pintura, Leonardo Da Vinci y Michelangelo Buonarroti; y su rivalidad era tal que uno de ellos estuvo obligado a marcharse a otro lugar.

-¿En serio?

-Sí, Leonardo se fue y regresó a los cuatro años con su gran obra maestra "La Mona Lisa"

-¡Oh sí "La Mona Lisa"!

-Sí, y al llegar fue a ver a su rival Miguel Ángel, quien estaba terminando la majestuosa escultura del David.

Da Vinci al verlo le mostró su más reciente obra y al ver la hermosa pintura Miguel Ángel le dijo:

-¡Increíble retrato!, su expresión tan enigmática, es realmente impactante. Sin embargo, Leonardo, hizo caso omiso a los halagos y dirigiendo su mirada a la obra de Miguel Ángel, sólo vio que, según él, había un error en la nariz del "David". Leonardo no se calló y se lo dijo.

Miguel Ángel, al escuchar el comentario, tomó polvo del suelo, un cincel y fingió dar un delicado cincelado en el error encontrado por Leonardo; quien al ver el polvo salir de la nariz le dijo:

-¡Ahora sí esta perfecta la obra!

-¿Bibliotecario, pero ¿cómo así? ¿Miguel Ángel no cambió nada? -Marcos le preguntó a Felipe sonriendo.

-No tenía que hacerlo -explicó Felipe-, ya estaba perfecto, pero Leonardo sólo quería ratificar quién era el mejor.

Miguel Ángel hizo cumplir el sabio refrán:

"Donde hay altives, allí habrá ignorancia, mas donde hay humildad, habrá sabiduría".

-¡Wow! extraordinario conocimiento el de este bibliotecario: -pensó Marcos antes de decirle-: Gracias por compartir esa anécdota conmigo, ahora cuando lea el libro podré revisarla nuevamente.

-No Marcos, esas fábulas no aparecen en libros regulares de historia del arte -Felipe le hablaba a Marcos con mucha naturalidad mientras sacaba el polvo de los libros más viejos, esos que nadie leía... El joven dio varios pasos, volteó hacia Felipe y le preguntó:

-¿Eres el bibliotecario verdad?

-No, sólo limpio los libros empolvados que nadie lee.

Marcos se quedó mirándolo fijamente, sin emitir palabra alguna, caminó hacia el fondo de la biblioteca y tomando asiento comenzó a leer.

Pasaron las horas y el cansancio se apoderaba de él cuando de pronto una voz le susurró al oído.

-¿Otra vez tú? -sin permitirle responder le dijo asombrada-. ¿Qué haces por aquí?

El joven casi dormido, del susto pegó un brinco en la silla, volteó a ver.

-Hola Jackie casi me matas del corazón, ando leyendo un poco ¿y tú?, ¿qué te trae por estos parajes?

-A leer también y creo estar viendo a la persona que tiene el libro que necesito -explicó la joven.

-¿Cómo así, a qué te refieres?

-Me refiero a este libro, ¿es sobre el renacimiento verdad? eso es lo que ando estudiando en este primer semestre.

-¡Que voz tan dulce! -pensaba Marcos con timidez-. Bueno te pido tomes asiento y así leemos juntos, ¿te parece? -dijo el joven Marcos con un tono de respeto y mirándola directo a los ojos.

La joven se sentó a su lado mientras él no sabía cómo reaccionar, al punto de quedar paralizado por el suave roce de su delicado brazo sobre el suyo, era evidente que la chica le provocaba eso que algunos llaman "escalofrío".

Luego de unos cinco minutos de esa lectura simultánea y silenciosa, Marcos procede a pasar de página y ve un retrato de un hombre. Él conocía ese rostro e inclinándose hacia el libro se fija en la leyenda de la ilustración donde decía: Leonardo Da Vinci.

El joven se puso pálido, frío, inmóvil, y no pudo contener el silencio. Lentamente se giró hacia Jackie.

-¿Te puedo confiar un secreto? -le dijo.

-Sí claro -respondió con una pregunta causada por la duda-. ¿Qué pasa, por qué tanto misterio?

Marcos estaba casi temblando, tenía mucho temor a quedar en ridículo y no quería lucir como un mitómano. Con lentitud procede y le responde nervioso.

-Es que… me ocurrió algo -hizo silencio, bajó su mirada y prosiguió-, parece una fantasía, y ni si quiera yo mismo he encontrado respuesta… y créeme, necesito encontrar alguna o no sé qué va a ser de mí -Marcos finalmente ya no podía callar más, su secreto se había convertido en un caudaloso río el cual pareciera haber encontrado un mar  apropiado para desembocar y esparcirse súbitamente-. Jackie, Jackie, ¿cómo contarte todo esto?  Discúlpame mi incongruencia pero, aún no le he dicho a nadie lo que me pasó aquella noche, y ¿no sé cómo hacerlo? el temor a lucir como un loco me paraliza a cada momento,  pero por favor necesito que me creas.

Ella lo veía tan desesperado, pero más aún, ella podía ver en él su sinceridad, su pureza y sobre todo su soledad. Había algo en Marcos que despertaba en ella emociones censuradas por vivencias pasadas las cuales convertían la historia por contar en un atractivo único.

-Está bien, está bien, pero primero déjame escuchar. ¿Qué te pasó? - le dijo Jackie sujetándole las manos y mirándolo fijamente a los ojos.

Marcos respondió a su mirada segura y tierna a la vez; finalmente cerró sus ojos y comenzó a hablar.

El joven no podía parar. Ya casi pasaban unos treinta minutos y él contaba con lujo de detalles todo lo que le había acontecido en aquel sueño y por su puesto su asombro al encontrarse con el cuadro. Él no quería perder esta oportunidad y seguidamente comenzó también a hablar sobre cómo ahora podía dibujar como nunca antes pensó, necesitaba asegurarse de que Jackie le creyera su historia y así fue.

Cada palabra, cada frase, cada oración escuchada por Jackie le hacían comenzar a verlo de una perspectiva diferente. Él no era un hombre común. Si bien era cierto, su historia era un poco fantasiosa, pero ella podía ver en su mirada, eso que llamamos honestidad.

Marcos había conseguido a alguien en quien confiar y para consolidar su confesión decide abrir su portafolio y le dijo:

-Jackie, ¡mira esto!

Era el dibujo que había presentado al "Profesor" Robin en aquel día de inolvidable vergüenza.

Luego de observarlo detalladamente, Jackie sube su mirada hacia los ojos de Marcos como diciendo: ¿Qué es esto? ¿Quién hizo esto tan burdo?

El joven entiende su mirada y lentamente saca el

otro dibujo, aquel realizado después del gran sueño, el cual fue el causante de la huida inexplicable del profesor Robín.

-Ahora mira esto -le dijo Marcos.

Jackie no pudo disimular su cara, había quedado atónita.

-¡Increíble! -comentó Jackie-. ¿Pero esto quién lo hizo?

Él la miró con timidez, pero con una sonrisa de orgullo a la misma vez.

Cada momento, cada instante, cada día transcurrido aumentaba la conexión entre ellos, a tal punto que las palabras estaban de sobra.

-¿Y cómo te sientes después de todo esto? -preguntó la joven un poco contrariada y quizás más confundida que él.

-La verdad me siento muy confundido, imagínate no encuentro respuesta alguna para entender el significado de todo esto. Esa es la razón por la cual vine a este lugar, buscando entender todo esto. Y ahora, te encuentro aquí y leyendo junto a ti veo esta imagen en este libro.

Jackie vuelve sus ojos hacia el libro, luego lo vuelve a mirar a él y seguidamente vuelve al libro.

-Sí, sí, este mismo -dijo Marcos-, este anciano que estás viendo aquí -explicó mientras señalaba el libro con un dedo sobre retrato del maestro Leonardo Da Vinci.

Jackie estaba realmente envuelta en la historia contada por Marcos, ella sentía estar viviendo una película, muy interesante por demás.

-El rostro de este señor que ves aquí continuo el joven-, es una de las personas plasmadas en el cuadro aparecido en mi cuarto.

Las palabras del relato de Marcos alimentaban cada vez más la curiosidad femenina de aquella joven quien, sin darse cuenta, comenzaba a formar parte de un enigma el cual era imposible ignorar.

Jackie no podía conformarse sólo con una historia y tomando una respiración profunda, se pone de pie y con postura firme, lo mira a los ojos.:

-¿Puedo ir a verlo? -le dijo.

Marcos también se puso de pie, jamás esperó que alguien se interesara en aquello que para él era una locura. Y mirándola a los ojos, respira y trata de decir algo cuando Jackie le interrumpe y le dijo:

-No me tomes a mal, la verdad es, tú me inspiras confianza y algo dentro de mí me pide decirte que cuentes conmigo para ayudarte a descifrar todo esto.

-Gracias Jackie -Marcos sonrió, y respiró-. Creo que el haberte contado todo esto me quita un peso muy grande de encima -el joven se pone de pie, y le dijo entusiasmado-. Vamos, vamos ya mismo y te mostraré el lienzo.

# CAPÍTULO VII

# MI CÓMPLICE

Era alrededor de las seis de la tarde cuando luego de caminar unas cuantas cuadras a paso rápido y sin haber mencionado ni una sola palabra, pero claro está, con los pensamientos a millón, Marcos y Jackie llegan a aquel pequeño cuarto donde había acontecido el misterioso evento.

La joven estaba toda asustada y paseando su mirada por toda la habitación descubría que Marcos era una persona ordenada y muy limpia, algo no muy común para un joven de su edad. Jackie seguía adentrándose en la habitación, sólo escuchaba las palpitaciones de su propio corazón y parándose frente a la obra le dijo a Marcos:

-¡Pero es una obra grandiosa …! ¿y dices que te apareció aquí, así como así?

-Sí, así mismo como lo dices, sólo la levanté, la coloqué allí mismo en ese caballete donde la vez y no me he atrevido ni a moverla.

Jackie sigue observando la obra y viendo a cada

uno de los personajes allí plasmados le pregunta:

-¿Y ese es Cristo con un pincel en la mano?, ¿está como enseñando algo?, ¿no crees tú?

Y continuó preguntando:

¿Qué te dice a ti esta obra?

Marcos no quería ponerse a interpretar la obra en ese momento y tomando a Jackie por el brazo le dijo:

-La verdad es, si ese Cristo, o si está enseñando sobre el arte, no lo sé, pero ¿cómo apareció aquí este lienzo?... Eso es lo que me preocupa.

-Marcos, olvídate en este momento de eso. Piensa un poco más allá. Piensa en esa voz diciéndote que podías dominar el arte. Quizás si logras descifrar el mensaje de la voz entonces podrás entender cómo apareció este lienzo aquí.

El sexto sentido de Jackie estaba súper activado, para ella existía algo más tangencial en esta historia, lo cual su propio consciente no quería procesar en ese momento.

Marcos por su parte escuchaba sus palabras con mucha aceptación, pero nada lo sacaba de aquel enigma que había sucedido en su propio cuarto.

-Definitivamente esta obra fue hecha por alguien muy talentoso, alguien nacido para ser un maestro del arte, alguien que sin duda alguna es uno de los grandes.

Jackie continuaba hablándole a su amigo mientras caminaba por aquella habitación la cual contaba con una pequeña cama y un caballete de pintar con el enorme lienzo sobre de él.

-Por qué no te inspiras en esos personajes y te atreves a pintar a los grandes maestros de todos tiempos. Quizás eso te lleve a encontrarte con ellos y conectarte con sus diferentes estilos, y ¿quién quita? Puede ser que eso te ayuda a descifrar este misterio.

Luego de un silencio de unos diez segundos Jackie continúa pensando en voz alta y dijo:

-Marcos, quizás puedas comenzar a exponer exhibiendo esos retratos.

El joven debatía su mirada entre la obra y la mirada de ella.

Escuchaba su voz y a la vez visualizaba su sueño como expositor de arte.

-¡Yo te Ayudo!

-¿Pero, Jackie?…

Marcos respondió acercándose a ella tomándole las manos con agradecimiento. Jackie le corresponde y con humildad le dijo:

-Marcos, quién sabe, quizás te quedan como unas grandes obras. Dios es quien da el talento y capacita aquel quien lo recibe.

Ella lo acompañó a una pequeña tienda de arte a comprar materiales para hacer realidad la idea propuesta. Marcos seleccionó colores, pinceles, lienzos y un libro con imágenes de los grandes maestros.

Regresaron a casa y de una vez comenzó a trabajar.

Aquella fue una noche increíble donde la compañía de Jackie convertía ese momento en todo un paraíso y sus miradas inspiraron el alma de Marcos al punto que se sentía capaz de cambiar el mundo.

El cansancio venció a Jackie esa noche y decide despedirse para ir a su casa a recuperar energías. Ni siquiera ella misma sabía que ese era tan sólo el comienzo de una aventura intensa por venir.

Marcos la acompañó por aquellas oscuras calles, sólo la luna y las estrellas regalaron su luz para hacer de esa, una noche inolvidable.

Al regresar, el joven se puso a pintar un retrato del maestro Leonardo Da Vinci; algo completamente nuevo tanto en colorido como en composición; muy diferente a todo lo que él había hecho antes, donde la magia del pincel le dio vida a aquella obra.

# CAPÍTULO VIII

# PINTANDO A LOS GRANDES MAESTROS

Al amanecer Marcos llama a Jackie y la saluda diciéndole con una gran sonrisa en sus labios:

-¡Buenos días princesa! y disculpa la confianza.

Se notaba la cara de satisfacción del joven, obviamente la copa de la felicidad estaba rebosándose para él.

-Anoche casi no pude dormir.

-¿Qué pasó? ¿Qué te desveló Marcos? ¡Ah!, y gracias por lo de princesa.

El brillo de sus miradas aumentaba a cada segundo reflejando ya un tono de complicidad.

-¡Pinté los retratos de los maestros!, ¡yo mismo no puedo creer cómo los hice! No te imaginas cómo me llena el alma ver un lienzo vacío y al añadirle color, materia y pasión, es increíble la forma como surge de la nada algo tan especial como lo que logré en cada una de sus expresiones.

Esa noche, Da Vinci, Rubens, Rembrandt. Van Gogh, Monet y Picasso; cada uno de ellos desde su propia época, convergieron en una misma dimensión. Todos juntos presenciaron como las almas se pueden fusionar en una misma; ellos fueron los testigos de cómo un pincel cargado del óleo más puro, acariciaba aquel lienzo, mientras la luz tenue de la habitación permitía que sus miradas inmortalizaran ese encuentro. Esa noche el cáliz de la vida fue llenado para saciar la sed de un sueño, el cual para muchos sería prohibido, pero en él marcaba el comienzo de una historia la cual aún ni siquiera imaginaba y que hizo posible poder revelar sus almas y plasmarlas en aquella obra.

Al día siguiente el joven hablaba con pasión del arte y ella asombrada de sus palabras le dijo:

-¿Qué comiste anoche? ¿Te comiste un libro?, tus palabras suenan con mucha dulzura, pero con tanta pasión, me muero por ver las obras. Tú crees poder mostrármelas hoy cuando termines la escuela, estoy ansiosa por ver esos retratos. ¡Me siento tan feliz de haberte conocido!, ¡me he convertido en tu fan número uno!

Las risas no se hicieron esperar para este par, su complicidad era nata.

-Jackie, ten por seguro, a mí también me alegra haberte conocido, y de verdad no creo en las casualidades; estoy tan agradecido contigo por apoyarme.

"En ocasiones, las casualidades no son más que las directrices a la felicidad".

Llegadas las seis de la tarde los jóvenes se encontraron de nuevo en aquel bar donde se conocieron y de allí partieron hacia la casa de Marcos.

Luego de entrar a la habitación, él le pidió a Jackie cerrar sus ojos. La joven no dudó en hacerlo.

Marcos estaba tratando de dar la importancia necesaria a ese momento y le dijo:

-¡Jackie abre tus ojos!

Allí estaban las tan anheladas obras.

Las cortinas de la ventana estaban abiertas, dándole paso a una iluminación casi perfecta la cual se posaba sobre aquellas pinturas, otorgándoles aún más vida que la proporcionada por los colores usados por Marcos.

La joven al ver las pinturas de los grandes maestros nota una con el rostro una mujer muy hermosa, era un retrato de ella misma y al verlo se le acercó y tomándolo en sus manos sintió que veía su alma reflejada en esa pintura. (Pag.112).

Jackie comenzó a sentir una emoción inexplicable la cual le produjo quedarse en silencio por unos segundos. La joven estaba cada día más maravillada por el talento de su amigo.

-La verdad eres genial. Tu creatividad va más allá

de simplemente pintar por pintar. ¿Esta textura?, ¿este acabado? Esto no parece un acabado tradicional hecho con aceites.

-¿Te gusta? Tus palabras me tranquilizan un poco. Temía que ese acabado no fuese muy atractivo. Usé una resina especial. ¿Sabes? Vi a un indígena usándolas en unas creaciones nada académicas. El hombre según me contó no estudió nunca arte, pero debo reconocer su capacidad para expresarse a través de su obra.

Cuando vi el acabado ya aplicado, le pregunté dónde compraba ese producto y él me respondió: "en la vida".

Yo me reí de su respuesta; y él al verme se sonrió también y me regaló un frasco lleno. Entonces me dijo haberla sacado de la madre naturaleza, que era real, no había sido procesada por nadie. Pero también me dijo que su brillo ayudaría a resaltar la verdad escondida en cada pintura.

Pues por eso decidí usarla, y aunque quizás no vea más a ese indígena, espero poder encontrar esta resina en algún árbol que me tropiece cuando vaya y me adentre en algún bosque de algún campo donde la mano de la civilización no haya hecho de las suyas. Aunque no creo ver a ningún académico atreviéndose a usarla ni a siquiera contemplar la idea, jajaja.

Marcos se sonreía con un gozo especial al platicar de aquella resina.

-¡Qué increíble Marcos!, ¿cómo puedes hablar con tanta sencillez de todo esto?

Imagínate tú, estas obras pudieran reflejar, quizás la historia completa de la evolución del arte académico y de repente me sales hablando de lo maravilloso de un artista indígena. ¡Eres increíble!

-Jackie, el arte es un regalo de Dios al hombre y dichoso aquel quien conscientemente lo recibe.

La gente cree que estos grandes maestros fueron personas perfectas, adineradas y sobre todo personas súper felices. Nadie se detiene a pensar en ellos como seres humanos y si tú crees que eran seres perfectos, pues déjame decirte algo, no fue así.

Detrás de las obras de arte más famosas había hombres, sí, hombres que, evidentemente, tuvieron momentos de felicidad, pero también muchos de ellos sufrieron también mucho.

Por ejemplo, se dice que el maestro Da Vinci arrastró toda su vida con la triste realidad de ser un hijo bastardo, para la época, eso era toda una desgracia.

No obstante, gracias a su talento inigualable y a la

posición de su padre, pudo codearse con la sociedad más influyente del momento, aunque su condición de bastardo lo acompaño hasta el final.

Da Vinci by Elí Benítez Art

Por su parte el Maestro Rembrandt fue un hombre que vivió bajo la sombra de la muerte, quizás ese es el punto de partida de la inspiración de sus obras, ese tenebrismo, la oscuridad de sus sombras; esa penumbra y algunas veces lo sobrio de su concepto.

Rembrandt by Eli Benítez Art

Pero su maestría es inigualable.

Pablo Picasso, todo un genio… quizás unos de los

artistas más versátiles de la historia...

¿Sabes? Muchas personas ignoran que Pablo Picasso dominaba a la perfección el arte realista; pero su

Picasso by Elí Benítez Art

creatividad y la pasión por las mujeres lo hizo experimentar nuevos conceptos y es el rey del cubismo.

-Marcos, me fascina lo que me cuentas, no puedo imaginarme a Picasso pintando realismo.

-Jajaja Jackie lo mismo diría el profesor Robín si ve que estas obras las pinté yo.

Las carcajadas no se hicieron esperar por parte de ambos. Este par realmente disfrutaban conversar y, sobre todo, conversar de arte.

El asombro de la joven aumentaba a cada segundo que transcurría. Era la primera vez que ella caminaba por una galería de arte tan privada; y no sólo eso, caminaba al lado del artista.

Para Marcos era como compartir lo más íntimo que tenía, su sueño, su talento y su vida.

Confiar, confiar el uno en el otro, ese era el elemento que daba un sabor especial a la relación de Jackie y Marcos. Era verdad que apenas se conocían, pero también era verdad que el destino los había juntado para enfrentar una emboscada que cambiaría el resto de sus vidas.

-Mira Jackie. ¿Sabes quién en este?

-¡Sí!, uno de mis favoritos, Van Gogh.

-Exacto, Vincent Van Gogh, el que se quitó una oreja. Jajaja. ¿Sabías que su vocación inicial era predicar la palabra de Dios?

-¡No me digas!

-Pues sí, él tuvo una vida muy, muy intensa, yo diría demasiada intensa. Pero gracias a su hermano,

quien lo amaba con locura, logró canalizar toda su pasión
hacia la pintura. El mismo no se sentía como un artista espectacular. Su hermano Theo fue quien

Van Gogh by Elí Benítez Art

terminó luchando para vender sus obras y exponerlo

al mundo.

La verdad yo creo que el sufrimiento de Van Gogh fue tan grande como su legado.

-¡Mira a quién tenemos aquí!… El Maestro Monet.

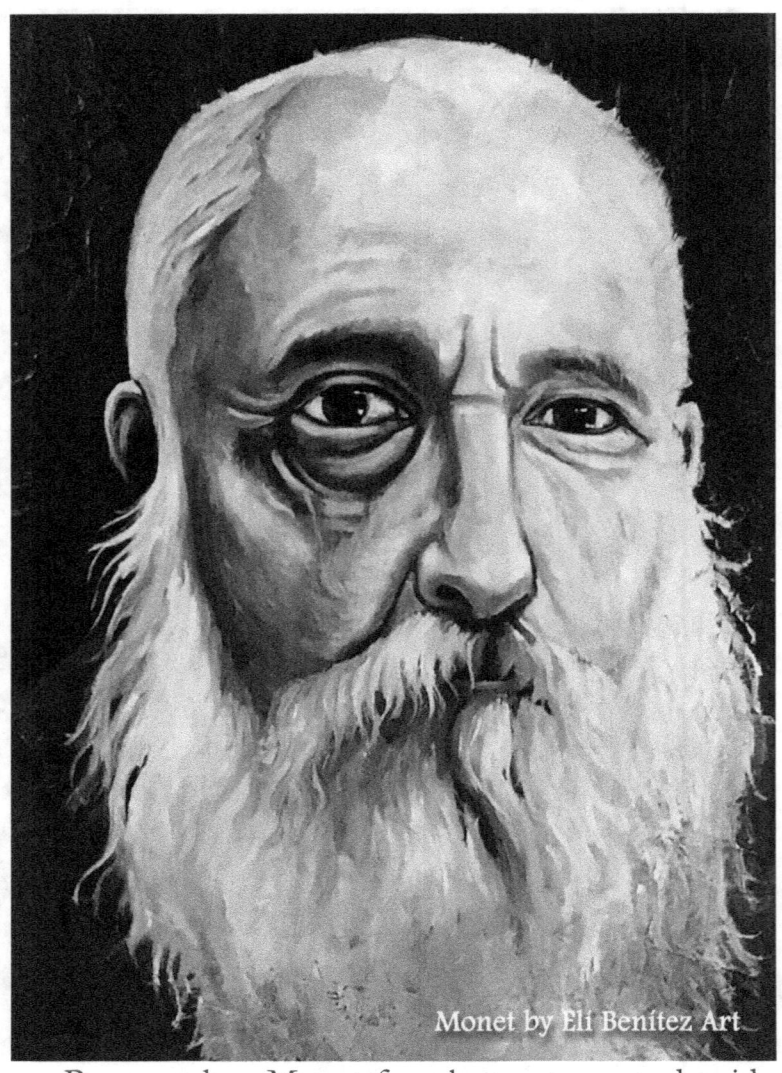

Monet by Eli Benítez Art

Para muchos Monet fue el amante empedernido

de la naturaleza. Él es padre del impresionismo. Su obra

es mágica. Para mí, la luz que logra, es algo inimitable. Lo más irónico es que estuvo a un paso de quedar ciego, ¿te puedes imaginar su depresión?

Este que tengo aquí es el Maestro Rubens. Peter Pablo Rubens.

Marcos mira a Jackie a los ojos e inmediatamente se sonroja de vergüenza.

-¿Qué pasó Marcos? ¿Por qué me miras así?

-Es que Rubens se caracteriza por pintar una anatomía muy carnal.

-¿Carnal? Jajaja.

-Sí, la verdad pintaba a los hombres con una musculatura extraordinaria y a las mujeres... digamos..., con mucha voluptuosidad jajaja.

-Marcos, eres cosa seria. Jajaja. Siempre me he preguntado: ¿por qué los grandes artistas pintaban a las personas desnudas? Se supone que el pudor en aquella época era notable. Bueno, lo digo por las vestimentas de esos años. Jajaja... yo no me imagino usando esos vestidos tan grandes y calurosos jajaja.

-Sí Jackie, jajaja. Lo que pasaba es que se trataba de enaltecer la belleza de la creación, la anatomía humana, la hermosura de la mujer, jajaja; y Rubens vaya que lo hizo. Jajaja.

-Pero no todo fue color de rosa, él sufrió de la

enfermedad llamada "Gota", la cual, de hecho, lo llevó a la muerte.

Así fue como el joven artista realizó alrededor de siete retratos. Algo especial había en estas obras, las expresiones de los retratados iban más allá de las

Rubens by Elí Benítez Art

que generalmente se ven en un retrato.

-¿Y este? Preguntó Jackie con voz tímida.

-¿Recuerdas la escena del cuadro que apareció en mi habitación?... ¿Quién era el personaje principal que aparecía con el pincel?

-Ah sí, sí. Era Jesús como enseñando.

-Sí Jackie, así mismo. Pues decidí pintar a Jesús de Nazaret ya que él es el maestro de maestros.

Él fue quien enseñó las más grandes verdades de nuestra naturaleza humana, revelando cómo en realidad somos. A través de sermones se expresaba en forma de parábolas. Lo hacía de forma increíble, así como por ejemplo el majestuoso sermón del monte. Cuando él hablaba lo hacía directo a nuestra verdadera naturaleza.

A veces recuerdo cuando mi abuelito me hablaba de él. La verdad no entendía nada. Pero sí sentía que era alguien bueno.

Hoy creo que comienzo a entender a mi abuelito y el por qué de sus historias.

-¿Sabes Jackie ?

Le dijo el joven mirándola fijamente a sus ojos: -Creo que la mayor evidencia de su gran maestría es que han pasado ya dos milenios de su paso por la tie-rra y aún sus enseñanzas pueden cambiar nuestra alma ... Así que, cómo dejar de pintar al maestro de maestros.

Sonríe ligeramente Marcos, se podía sentir la llenura del joven hablando del maestro de Galilea .

Todo esto lucía maravilloso, muchos planes, obras

Jesús by Elí Benítez Art

nuevas, técnicas propias, pero, todavía el misterio de,

aquel cuadro seguía vigente en los corazones de Marcos y Jackie.

Tratando de buscar respuestas se dispusieron a ir a una biblioteca y tratar de encontrar una de esas Biblias súper antiguas, para buscar y ver si aparece alguna escena la cual por lo menos se asemeje a la plasmada en el cuadro. Alguna pista tendría que encontrar.

-¡Marcos mira ésta!

Jackie había dado con una cuya carátula estaba toda maltratada y hasta se encontraron empolvada.

-¿Qué pasó princesa? ¿Encontraste algo?

Llevaron la Biblia a una mesa ubicada en una esquina del recinto. La mesa tenía sólo dos sillas.

-Busquemos en el índice primero y vemos si hay alguna reseña de las imágenes -dijo Marcos.

Y así lo hicieron. Nada lucía muy diferente a lo que vemos en cualquier edición actual.

Pasaron muchas horas, Marcos y Jackie ya veían las líneas dobles. Habían leído y buscado en cada edición posible, se atrevieron hasta revisar algunos evangelios apócrifos. Pero no, no había ya más nada por revisar. Entonces decidieron definir una estrategia la cual les permitiera preguntar a alguna persona conocedora del tema, claro está, sin contar ningún detalle de aquel hallazgo misterioso de la obra secreta.

Marcos estaba un poco intranquilo, algo extraño sucedía, cuando de pronto nota como si alguien lo estaba mirando. Inmediatamente fija sus ojos en el libro y pretendiendo estar leyendo le dijo a Jackie:

-No mires hacia atrás alguien nos vigila.

Ella se puso nerviosa, mientras el levantó su mirada rápidamente y vió que alguien corrió hacia la puerta, sólo logra ver una silueta de espalda.

Sorpresivamente Marcos sintió una mano en su hombro:

-¡Buenas tardes Marcos!

Ambos pegaron un brinco.

-¡Felipe casi nos matas del susto!

-Tranquilo no hay de que temer, en este lugar sólo hay libros.

Felipe dirigió su Mirada hacia los libros que tenían en la mesa y les dijo:

-¿Así que estudiando temas religiosos? Muy bien por ustedes, qué libros puedo retirar y así no les interrumpo en su lectura.

-Yo creo que… sólo esa Biblia de la esquina. Muchas gracias señor.

-¡Por favor, para servirles!

Dijo Felipe quien, al tomar el libro, sutilmente coloca otro en su lugar, da media vuelta y sigue con sus tareas diarias.

## CAPÍTULO IX

# EL NUEVO HALLAZGO

Cansado de una larga jornada en la biblioteca, llega Marcos a su casa. Aquella ya no era una pequeña  habitación con una cama y un simple caballete.

Ahora el espacio se había convertido en un lugar íntimo de un artista. En las paredes se encontraban pegados algunos de los bocetos de los retratos. También había ensayos poli cromáticos con diversas formas, trazos y texturas dando la ilusión como si se estaba en el taller de uno de los grandes. Lo más característico era ese olor a pinturas de óleo la cual te transportaba a un escenario bohemio donde cada mancha en el piso hablaba por si sola.

También se encontraban los libros que habian traído de la biblioteca.

Marcos se ayudaba con velas para definir las sombras, pues en ese lugar absolutamente todo tenía sentido.

Los siete retratos colgados en la pared y el gran cuadro aún en el caballete coexistían en armonía de la escena.

Marcos se acercó al caballete y sentado delante de la pintura seguía buscando sus respuestas; y mientras la observaba, decidió darle vueltas a la obra para luego irse a dormir, cuando de pronto tocó algo que estaba pegado al borde derecho inferior del interior del lienzo. Era un papel enrollado como un pergamino, de color beige casi tostado. El Joven artista lo despegó y lo abrió inmediatamente. Al abrirlo, encontró un escrito, pero no entendió su contenido, era como en otro idioma, parecía una lengua antigua.

"A veces delante de nuestros ojos se nos muestran cosas aparentemente indescifrables y sin sentido, más estas son sólo espejismos de una verdad absoluta", -pensó Marcos en voz baja.

Aunque la curiosidad era mucha, ya él había tenido suficiente para ese día, ni su cuerpo ni su mente daban para más.

Entonces decidió irse a dormir y esperar el nuevo día para volver a su clase de arte y seguir en la búsqueda; y ahora también tendría la tarea de traducir el escrito que acababa de encontrar.

La noche pasó, fue muy corta y la luz del día la hizo marchar con prontitud.

(Pergamino escrita en lengua indígena encontrado detrás del cuadro)

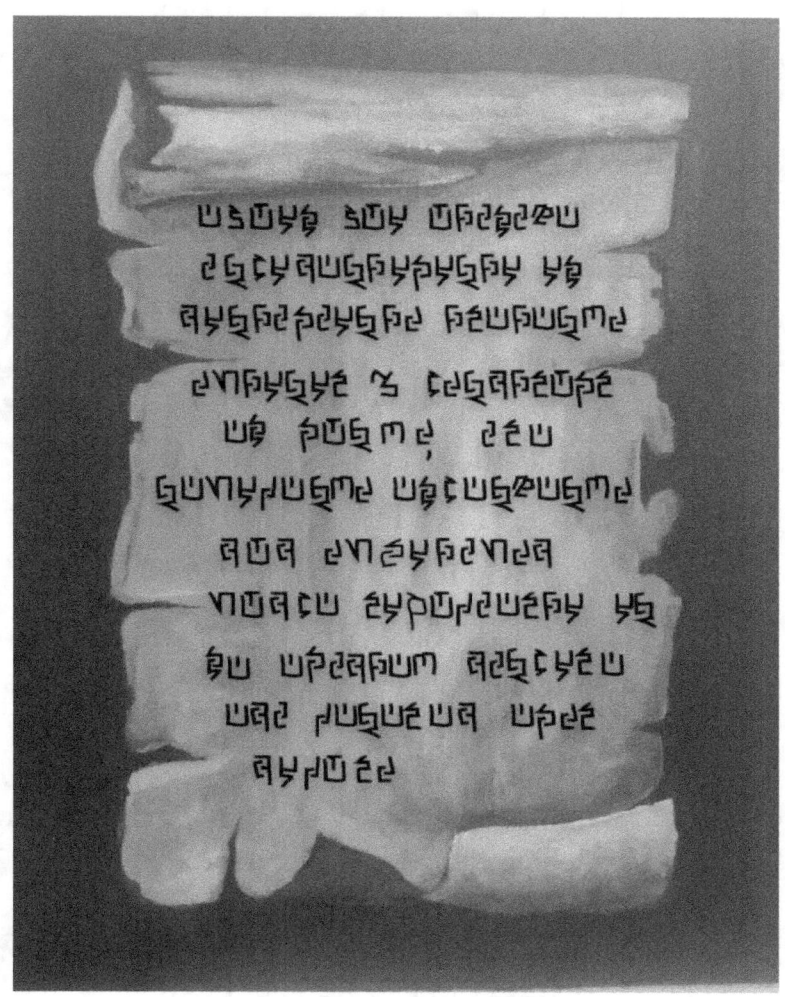

# CAPÍTULO X

# UN NUEVO RETO

¡Buenos días a todos! Hoy comenzaremos a hablar de un tema muy interesante, "Las Reglas de la Pintura".

El profesor Yurbis llegó a clases cargado de energías. Los estudiantes tomaron muy en serio el título del nuevo tema y desde ya profetizaban encontrarse seguramente con un nuevo reto.

-Hubo alguien quien dijo: "Primero vino la forma, después el volumen y por último el color. ¿Saben de quién les hablo?

Miradas iban y miradas venían por todas las direcciones.

-¡Da Vinci! -pensó Marcos sin atreverse a decir ni una sola palabra y mientras, el profesor continuaba diciendo:

-Ese es uno de los aportes más importantes regalado por el gran maestro Leonardo Da Vinci.

De esta forma, estaremos hablando de proporciones, líneas valoradas y del claro oscuro. Una vez dominados esos conceptos, entonces comenzaremos el estudio del difícil arte de la pintura y por supuesto ya luego interpretaremos nuestra vida como artistas y cuál sería el legado que quisiéramos dejar a esta humanidad. Unido a todos estos conocimientos vamos a poder encontrar en nuestro interior el arte de poder plasmar en un lienzo un concepto lleno de amor.

Todos los jóvenes se sintieron emocionados y de inmediato le aplaudieron maravillados por sus palabras.

El profesor sonrió y moviendo la cabeza se dirigió a su silla pensando-: Estos muchachos definitivamente sienten el arte en su corazón

Marcos por su parte comenzaba a sentirse algo incómodo en la clase, esos conceptos parecían ser muy sencillos para él, parecían conocimientos básicos y aprendidos anteriormente.

El profesor Yurbis les pidió dibujar una esfera para poner en práctica el uso de la escala de valores. Marcos por supuesto hizo el dibujo en pocos minutos y el profesor se le acerco diciendo:

-Marcos, creo que definitivamente esta clase no es para ti. Veo como dominas a la perfección el contenido. ¿Por qué mejor no te doy lecciones algo avanzadas sobre como pintar al óleo o acrílico? Quizás así no sentirás que estás perdiendo el tiempo. ¿Qué crees? ¿Te gusta la idea?

Marcos no tenía palabras en ese momento, ya

había tenido suficiente con aquel incidente del profesor Robín.

-Cómo usted diga profesor -dijo el joven-, mi intención no es hacer sentir inferiores a otros y usted sabe que para mí el arte no es copiar figuras geométricas simplemente. A mí me apasionan las expresiones de los rostros y la hermosura de los colores. El lápiz, el lápiz es sólo un medio para ubicar la composición y definir el sentido de la obra.

La verdad es que, espero no me tome a mal, pero siento estar viendo en esta clase algo que ya conozco bien y si a usted le parece, ¡yo acepto su propuesta!

-Hay otra clase en el piso de arriba, busca la puerta trece, allí nos veremos dos veces a la semana, ¿te parece?

-Ok me parece perfecto, acepto el reto y muchas gracias profesor -el joven se aseguró de responder con voz de respeto.

Definitivamente hay veces en las cuales debemos reconocer nuestras virtudes, claro está, con humildad, pero de nada nos sirve pretender de algo que no somos, al igual tampoco nos sirve de nada, basándonos en una falsa humildad, permanecer inmóviles en escenarios que no nos hacen crecer.

## CAPÍTULO XI

# UNA INTUICIÓN MUY INSINUANTE

Marcos se dirigía hacia la biblioteca donde había quedado a encontrarse con Jackie.

Era innegable que, aunque le gustaba la idea, el joven estaba algo preocupado por la invitación del profesor a formar parte de una clase más avanzada y tenía ansiedad por contarle a su cómplice lo ocurrido.

Al llegar a la biblioteca buscó entre todas las personas y los estantes de los libros a Jackie. Al adentrarse por unos de los pasillos se encuentra con Felipe quien estaba limpiando uno de los tantos libros empolvados.

Marcos decide aproximarse para saludarlo, cuando de los labios de Felipe escucha.

- …"Y ocultas sus emociones -dijo el profeta-. Qué habrías hecho si él anduviera mirando a nuestro mundo real, eso que no vemos, al menos que el revelador de almas te quite el velo de los ojos y te deje ver la luz".

Estaba leyendo de un libro antiguo el cual tenía en sus manos.

-Hola Felipe, que palabras más profundas. ¿Quién escribió ese libro?

-Hola Marcos, la verdad eso no es tan importante. Los buenos libros hablan de los misterios del alma…

-Tienes razón -dijo el joven mientras Felipe seguía su labor de sacudir los libros empolvados.

Marcos sigue buscando entre todas las personas hasta ver a Jackie sentada con no menos de diez libros sobre su mesa.

Nuevamente el encuentro de miradas intercambiadas desde la distancia era algo muy especial y los pasos de Marcos, lentos y seguros, hacían de ese momento una realidad única.

-Hola -dijo con voz suave y con ojos perspicaces la miró fijo mientras se le acercaba-. ¿Cómo está la hermosa princesa?

-Todo bien Leonardo Da Vinci, ¿cómo estuvo la clase de arte hoy? -respondió sonriendo y con una mirada llena de ternura:

-Muy Bien -murmuró al sentarse a su lado, y con precaución ordeno los libros apilados encima de la mesa-. El profesor me movió de salón alegando que estoy muy avanzado para seguir en esa clase, lo cual me pone feliz y no te lo niego, también me levantó el ánimo; pero…

-¿Pero ¿qué?, ¡deberías estar feliz!

-Es que no paro de pensar como apareció esa obra en mi cuarto y ahora también ese manuscrito. ¡No entiendo nada Jackie!

-Marcos, escúchame -ella se inclina desde su silla y le pone una mano en el hombro diciéndole-:Escucha bien lo que te voy a decir, te seré honesta. Sé que todo esto es muy difícil de creer, pero cada día transcurrido siento conocerte mejor y creo estar comenzando a encontrar una respuesta a todo esto.

-¿Cuál? -dijo Marcos con asombro y repitió la pregunta-. ¿Cuál?

-Pasé la noche pensando y estoy convencida del gran talento de la persona que lo pintó. Tú me dijiste creer haber visto a alguien pintando pero que no podías definir quién era.

Deberías tratar de recordar y buscar bien en tu corazón para ver lo que sentías tú mientras veías a esa persona pintar la obra.

¿Qué impresión te daba cuando esa persona rozaba el lienzo con el pincel y cuando mojaba el pincel en el óleo? Trata de ubicar tus sensaciones durante cada detalle del sueño.

Jackie era además de hermosa, muy intuitiva. Algo quería insinuar y al parecer la ingenuidad de

Marcos no le permitía descifrar.

-La verdad no vi quien era, no sé quién pintaba el cuadro, como hubiese querido haber visto, aunque sea parte de su cara, sólo recuerdo la luz blanca interponiéndose entre el lienzo y la persona. Era como si yo estuviese despierto, pero no, yo estaba dormido.

El joven Marcos hablaba con tanta seguridad acerca de ese momento, pero la confusión también era obvia y en su recuerdo todo era muy extraño, definitivamente la incertidumbre seguía allí, esperando por ser descifrada, sin la mínima sospecha de que en su corazón podían estar escondidas las respuestas más grandiosas.

# CAPÍTULO XII

# UN NUEVO CÓMPLICE

Pasaron varios días y el joven continuaba las lecciones en aquel grupo más avanzado, en el cual ponía al descubierto su maestría en cuanto a la técnica y a la facilidad y destreza al pintar al óleo.

Llegó la ocasión tan esperada y el profesor les asigna como tarea, pintar un retrato.

Todos los estudiantes estaban disfrutando el momento. Algunos pintaban el rostro de la madre, otros de la abuela y otros trataban de copiar algún rostro de las revistas de la época.

Marcos estaba viviendo un sueño, pero más despierto que nunca. Era un deleite verlo haciendo sus trazos y logrando una expresión única en el rostro que estaba pintando.

El profesor se le acercó al terminar la clase y le dijo:

-Definitivamente es un lujo tener a un joven con tanto talento en esta clase. ¿Me aceptas tomarnos un café? ¿qué crees? y así hablamos de arte un poco.

Marcos se sintió muy halagado y con una sonrisa

le responde:

-Está bien, con mucho gusto profesor.

-Me puedes decir Yurbis, muchacho aún me falta mucho por aprender, lo de profesor es sólo un título. Además, al compartir un café ya estamos siendo amigos Marcos. Jajaja, amigos en el arte. ¿Qué te parece?

Mira, aquí en la esquina hay un café vamos y nos sentamos un rato.

El joven acompañó al profesor y platicaron de arte, en especial hablaron de grandes genios como Leonardo, Michelangelo, Caravaggio ... El profesor le brindó puntos de vista tan diferentes haciendo que Marcos viera nuevos horizontes en cuanto a estilos se refiere. Yurbis tocó puntos desde el arte cavernícola hasta llegar al arte conceptual. Sabio es aquel quien valora la amistad sincera de alguien con mayor edad. La sabiduría viene de Dios y de la experiencia.

Marcos sintiéndose ya en más confianza le dijo al profesor:

-Aquel primer día de clase cuando usted me preguntó cómo había podido haber pasado de dibujar como niño a dibujar como un genio. ¿Se recuerda?, pues, ¿estás listo para escuchar mi historia?

-Sí -dijo Yurbis, y aclaró su garganta par de veces y quitándose los anteojos lentamente-, sí quiero saber el misterio, si es que así se puede llamar.

Tres segundos de aquel silencio sepulcral fueron

suficientes para transportar a ambos a otra dimensión.

Sí, la dimensión de lo profundo y real. Ya no hablarían de historias, ni de opiniones.

Había llegado el tiempo de más bien confesiones.

Parecía como si todas las personas sentadas en las otras mesas hablaban en completo silencio. Todo transcurría casi perfecto para que aquel café compartido sellara el pacto con un nuevo amigo y cómplice.

Marcos comienza a contar con lujo de detalles cada instante de lo acontecido. El asombro comienza a invadir el rostro de Yurbis, cuando de repente se escucha:

-¿Qué? ¿Cómo así? ¿Todo eso pasó en un sueño?

-Sí Yurbis así mismo fue. Y ahí no termina todo, también encontré un pergamino y creo que está escrito en un idioma o lengua indígena. La verdad no entiendo ni se nada de esa lengua, pero hoy mismo quedé con una amiga, quien era la única persona al tanto de toda esta historia, y vamos a ver si lo podemos traducir.

Sólo te pido profesor, mejor dicho, Yurbis no compartas esta historia con nadie.

-Tranquilo Marcos, tranquilo. Guardaré el secreto muchacho

## CAPÍTULO XIII

# DESCIFRANDO EL MENSAJE

Yurbis y Marcos comenzaban una amistad en el arte la cual suponía dar muchos frutos. Ambos habían pactado honrar la confianza entre el uno y el otro, eso era ya una buena base.

-Yurbis, gracias por la invitación al café.

-El placer fue mío Marcos.

-Yurbis, ¿estás muy ocupado? Te invito a mi casa. ¿Qué dices? Y así podrás ver la obra de la cual tanto te he hablado y también te muestro el pergamino del cual te hablé. Quién quita y me ayudas a entenderlo.

-Sí Marcos, será un placer.

Salieron  entusiasmados hacia la casa de Marcos. Aquel era un día especial por demás, la tarde caía mientras las nubes poblaban un atardecer rojizo sobre el firmamento amarillo enmarcado con los azules celestes de la estación.

-Hermosa tarde Marcos, hermosa tarde.

-Sí Yurbis, debo confesarte, cada vez que camino

a casa siento a la naturaleza hablándome. Por ejemplo, mira como los rayos del sol abrazan estos últimos minutos del día y simultáneamente le sonríen a la noche como seduciéndola a apresurar su llegada.

-Definitivamente eres un poeta -Yurbis sonríe, y dijo-; perdón un poeta del arte, claro está.

Al llegar a la casa el profesor y el alumno vieron sentada en la acera a Jackie, quien con sorpresa lo miró.

-¿Cómo estás Marcos?, quería sorprenderte -le dijo sonriendo.

-Vaya sorpresa -dijo el joven que al ver su cara de preocupación le murmuró-, todo bien Jackie, este es el profesor Yurbis, Yurbis, ella es Jackie, la amiga de quien te hablé.

-Espero que hayan sido cosas buenas la que te dijo de mi -sonrió la joven.

Mientras compartían sonrisas y agrado por conocerse, Marcos abrió la puerta de la casa y los invitó a pasar.

-Tomen asiento -les dijo.

El joven quería hacer de aquel un momento especial y les colocó dos bancos de madera, uno a la par del otro.

-No tengo mucho para ofrecerles, pero si gustan puedo ir un minuto aquí cerca y compro algo para comer.

-No, no te molestes -dijo el profesor.

-Tranquilo -respondió la hermosa joven.

Jackie no dejaba de mirar a Marcos con asombro y preguntándose-: ¿Qué le habrá contado él a su profesor?

-¡Wow! ¿Es esta la obra?... increíble no puedo creer lo que estoy viendo, ¿puedo tocarlo? -l profesor con voz de asombro apenas podía hablar frente a tan maravillosa obra.

-Sí claro que puedes -dijo Marcos.

-Ese es Leonardo sin duda alguna y el del centro es Jesús, ¡Wow!  Perdónenme, no puedo creer todo esto -Dijo el profesor colocando sus manos en su cabeza.

-Y éste, este es el pergamino del cual te hablé.

-¡Marcos! -la joven no pudo callar e intentó tratar de callarlo. Mientras que   Marcos la miro con tranquilidad.

-Está bien Jackie, no pasa nada, Yurbis ya sabe todo.

Jackie volteó su mirada hacia Yurbis y éste le sonríe como diciendo confía en mi Jackie, todo estará bien

Marcos ofreció el pergamino a Yurbis.

-¿Conoces este idioma? -le dijo.

-No, pero creo haber visto algo similar -Yurbis tenía una expresión muy seria, se quita los anteojos y comienza a divagar-: ¿Dónde, ¿dónde he visto estas figuras? -el profesor revisó de nuevo el pergamino mientras Marcos lo miraba a la espera de una respuesta-. ¡Claro, claro que sí! -explico el profesor-: Creo haber visto algo parecido en unas piezas de arqueología guardadas como una colección muy preciada, también tengo unos documentos de esas tribus. Muchachos, ¡vamos, vamos a casa ya mismo por favor!

Caminaron los tres casi unos quince minutos por aquellas calles oscuras las cuales estaban iluminadas por el cielo estrellado que caracterizaba a este pueblo.

Ellos no dejaban de hablar sobre el enigmático suceso ocurrido a Marcos, mas no se percataron que alguien los estaba siguiendo. Paso a paso desde la sombra una mirada malévola los vigilaba mientras planeaba lo inesperado.

Al llegar a la casa del profesor, Yurbis sacó algo de un cofre donde tenía varios objetos envueltos en un paño blanco y también algodón silvestre como protección de cada uno de los objetos.

Un silencio de espera atormentaba los pensamientos de Marcos.

Al sacar las piezas fueron identificando como algunas de las figuras tenían rasgos que coincidían con lo escrito en el pergamino.

-Aquí están los documentos -dijo Yurbis y se puso de pie.

Marcos y Jackie quedaron perplejos cuando descubrieron que las letras usadas en los documentos eran las mismas del pergamino.

No cabía duda alguna, habían dado con el misterioso lenguaje.

Así fue como una a una fueron colocando cada letra.

Expectativa, miedo, ansiedad, muchas emociones se peleaban para ver cual se imponía sobre la otra. Y luego de descifrar una a una, este fue el resultado:

-*"Aquel que utiliza incesantemente el sentimiento tratando obtener y construir al mundo, ira navegando alcanzando sus objetivos. Busca refugiarte en la Amistad sincera, así ganaras únicamente amor seguro"* -. el profesor leyó en voz alta la traducción y todos quedaron asombrados-. Yo conozco ese texto, yo tengo un libro llamado "Enseñanzas Prohibidas" y esa parábola está escritas, es asombroso esta maravilla -dijo el profesor mientras el silencio se apoderaba de la habitación.

Ninguno de los tres sabía que casualmente el libro de "Enseñanzas Prohibidas" era el mismo que Felipe había colocado entre los libros entregados a Marcos y a Jackie en su última visita a la librería.

Cuando en la vida se unen tantas coincidencias al

mismo tiempo es porque algo grande se aproxima.

Esa noche hablaron por largas horas, el profesor, la joven Jackie y Marcos.

El tiempo nunca es suficiente cuando las almas se juntan.

La tertulia era incomparable, pero el cansancio de Marcos hizo que el sueño lo venciera.

Jackie preguntó al profesor por una colcha para arropar a su amigo quien se encontraba recostado en un sillón reclinable.

Con mucha ternura la joven lo arropa y se queda observándolo por unos segundos y al levantar la mirada ve la hora en un reloj que colgaba en la pared.

-¡Dios mío! ¡Es muy tarde profesor!, debo irme, mis padres deben estar ansiosos porque no he llegado.

-Es verdad, vamos muchacha, déjame acompañarte, aunque sea un poco y así seguimos conversando.

## CAPÍTULO XIV

# JACKIE ¿DÓNDE ESTAS?

Al salir de la casa, Jackie y Yurbis querían seguir hablando de toda esta aventura y estaban claros en que ésta era una buena oportunidad para hablar de ese gran amigo en común y de todo lo acontecido. Yurbis comienza la conversación y, "prudentemente", dijo:

-Jackie, ¿pero tú y Marcos…?

-Sí, somos grandes amigos -se adelantó Jackie y respondió por él.

-Claro, claro -dijo el profesor con voz apenada. Y luego de caminar unas cuantas cuadras le dijo-: Bueno Jackie, hasta aquí te acompaño, creo que sólo te falta una cuadra.

-Muy agradecida por su compañía profesor, la verdad ha sido un honor conocerlo.

-El placer es mío muchacha.

El profesor se regresó hacia su casa y mientras Jackie estaba efectivamente a tan solo unas cuadras para llegar a su destino.

Ya casi podía divisar su casa, pero su mente iba volando y su imaginación estaba a lo máximo pensando en el contenido de aquel pergamino. Cuando de repente se empezó a sentir el ruido de unos pasos que la seguían. Jackie decide voltear en medio de la oscura calle donde apenas se podía ver con claridad.

Voltea una vez y enseguida decide apurar su paso. Decide voltear de nuevo y apenas ve una silueta en sombra que se lanza sobre ella. Jackie trata de evadirla, pero todo fue imposible, repentinamente sólo da tiempo a escuchar unos gemidos, cuando de la nada una mano grande le tapa la boca.

Acto seguido, se escuchan más gemidos como de forcejeo entre una mujer y un hombre y tanto la joven como el asaltante se pierden en la oscuridad; sólo los árboles fueron testigos de aquel horrendo hecho.

¿Qué habrá pasado con Jackie?

Amanece, era un día Sábado. Marcos se da cuenta que se había quedado dormido en la casa de su amigo Yurbis; piensa en no hacer ruidos y salir temprano a ver si podía conseguir un poco más de aquella resina que tan sabio indígena le había regalado desinteresadamente. Quizás lo encontraría en el mismo lugar de siempre y ya casi no le quedaba nada de tan especial producto.

Marcos decide llamar a su amiga para que lo acompañe. Después de varios intentos fallidos se dijo a sí mismo-. Seguramente ella también debe estar cansada y me devolverá la llamada cuando esté disponible, debe estar descansando.

Llega Marcos al lugar y sorpresivamente se encuentra con que ya no estaba aquella churuata donde había conocido al indígena.

-¿Qué habrá pasado? -se preguntaba Marcos.

Los indígenas suelen ser personas arraigadas a su tierra, pero en este caso, no había ni rastros.

El joven ve a unos trabajadores tomándose un café en medio de su descanso y al acercárseles les pregunta:

-¿Disculpen, aquí no había una churuata donde se encontraba un indígena artesano?

-Sí, aquí mismo era. Pero ya eso lo quitaron de aquí. Él nunca tuvo permiso para construir esa churuata aquí y mucho menos para vender los garabatos esos que hacía. Nadie sabía o entendía su significado.

-Ese hombre no hablaba con nadie, es raro que alguien pregunte por él -comentó otro de los trabajadores.

Marcos quedó en silencio y pensó: -pero a mí sí me habló y además me obsequió aquella resina.

-Oye joven, olvídate de eso, ese se fue para nunca más volver.

Marcos decidió volver a su casa, a su mundo, a su pasión y en el camino pensó en llamar de nuevo a Jackie.

Intenta una y otra vez y nada.

Extrañado de no recibir ni siguiera un mensaje, Marcos asume que Jackie debe estar haciendo algo muy importante, quizás con su familia.

-Pero, ¿por qué al menos no me contesta? -Se preguntaba el joven artista.

Pasaron un par de días, Marcos se dirigía a su escuela de arte y en camino decide llamar de nuevo al celular de Jackie y al no poder localizarla, se puso esta vez demasiado nervioso. Llegando a la escuela se encontró con su amigo.

-Hola Yurbis ¿cómo estás?

-¡Marcos!, hola, muy bien muchacho, ¡muy bien!

-¿Te acuerdas de Jackie me imagino?

-Sí claro -le dijo el profesor.

-Bueno desde esa noche que estuvimos en tu casa no la he vuelto a ver y la llamo a su celular y ella no responde y me parece muy raro.

-¿Pero ¿cómo así?, esa noche yo la deje cerca de su casa y ella me dijo que vivía cerca, ella misma me dijo poder seguir sola, por eso me regresé hacia mi casa.

Yurbis se sintió un poco angustiado y comenzaba a imaginarse que algo malo le había pasado a la joven.

-Marcos por favor, insiste llamándola y a penas tengas alguna noticia me dejas saber, o más bien, si quieres te puedo acompañar a su casa y le preguntamos a sus padres, debemos hacer algo de inmediato.

-Sí, sí, ¡gracias!, ¡gracias! -dijo Marcos.

Ambos se dirigían a el salón de clase, el grupo de alumnos ya estaba reunido. El profesor comenzó a enseñar y pasados algunos minutos entró al salón una secretaria buscando a Marcos por orden del director. Toda la clase nuevamente volteó su mirada hacia Marcos, quien un poco nervioso salió del salón para dirigirse a la dirección. Al llegar a la oficina, el director le dijo:

-Buenos días, toma asiento.

El director estaba acompañado de un señor vestido de negro, sus cabellos y barba estaban un poco despeinadas.

-Este es el detective Harry y quiere hacerte unas preguntas.

-Sí claro, ¿cómo puedo servirle?, ¿es algo relacionado con Jackie? -preguntó Marcos algo nervioso.

-Sí joven, ¿su nombre es Marcos cierto?

-Sí ese es mi nombre.

-¿Cuál es tu relación con la señorita Jackie Benítez? ¿y de dónde la conoce?

El detective hacía las preguntas mientras miraba

al joven directo a los ojos, como tratando de leer su mirada.

-Le responderé todo, pero dígame ¿qué pasa con ella? -dijo el joven con una mirada triste y su voz temblorosa.

-La joven lleva algunos días sin llegar a su casa, sus padres la reportaron como perdida y nadie sabe de ella; su mamá nos dijo que su hija había conocido a un joven y nos habló de usted. Yo estoy cumpliendo con mi trabajo y estoy aquí para investigar si usted está relacionado con todo esto.

-Bueno, Sr detective, yo la conozco de la librería desde hace alrededor de tres semanas apenas y nos hemos hecho muy buenos amigos. Solíamos vernos en la librería y de vez en cuando en mi casa, a ella le gusta mucho el arte y yo estudio arte.

Marcos hablaba mientras el director sólo lo miraba, cuando de repente el detective le preguntó:

-¿Es su novia por casualidad?

-No, no... -dijo Marcos.

-Ah ok... y ¿cuándo fue la última vez que la vió? Preguntó el detective:

-Hace tres días, estábamos en casa del profesor Yurbis y después de hablar por unas horas de arte ella se marchó y él la acompaño hasta cerca de su casa.

-¿Y ese profesor se encuentra aquí? -preguntó el

detective.

-Sí claro, él está en mi clase en este momento.

El detective lo mando a llamar y los interrogó a los dos, quedando el profesor Yurbis como posible sospechoso.

Marcos se sintió muy apenado con su amigo Yurbis y aunque todo lo implicaba, él estaba seguro que el profesor sería incapaz de hacerle daño a su cómplice y amiga Jackie.

Marcos se marchó a su casa, su mente y su espíritu estaban destruidos, él se sentía culpable por todo este episodio.

Llegando a su casa se encontró con todos los vecinos y carros de bomberos frente a su puerta.

El joven corrió como loco al ver lo que estaba sucediendo, los policías no lo dejaron pasar hacia su casa y él preguntó desesperado:

-¿Qué paso aquí? ¿Qué es todo esto?

-Todo está bien muchacho, tranquilízate. El fuego está bajo control.

-¿Pero ¿cómo pudo pasar esto? ¡Dios! ¿Qué más me puede pasar a mí?

-Tranquilo joven, tranquilo. Unos vecinos reportaron haber visto bajar a un señor de un carro negro, al parecer lo vieron prendiéndole fuego a tu casa y luego se marchó a gran velocidad.

El joven estaba con el alma despedazada y sólo le

restó ponerse a llorar como un niño desconsoladamente.

Pasados varios minutos al estar todo el fuego extinguido, el joven entró a su casa, y su mayor sorpresa fue que allí estaban, el hermoso lienzo, los retratos y el pergamino, pero los libros que habían tomado de la biblioteca se habían hecho cenizas; sólo se podía leer una de las carátulas que decía "Enseñanzas prohibidas".

¡Era propiamente un milagro!, cómo en medio del fuego, las cenizas y el agua, no se había dañado aquello tan importante para Marcos.

La casa estaba totalmente en ruinas.

El joven desesperado y sin tener donde ir, llamó a Yurbis y luego de contarle todo lo acontecido, le preguntó al profesor si podía quedarse en su casa por unos días hasta que él arreglara la suya. El profesor, como era de esperarse, le brindó su ayuda incondicional.

## CAPÍTULO XV

# MÁS QUE UN SUEÑO

En un sótano solitario y desconocido, donde apenas se contaba con una luz tenue, se encontraba la joven Jackie, amarrada a una silla y sin saber la razón de estar allí.

A pesar de todos los esfuerzos, la policía no había podido investigar nada en cuanto a su desaparición.

Había pasado una semana ya, la prensa y toda la comunidad hablaban de la triste desaparición de la muchacha. Todo indicaba la posibilidad de haber sido asesinada y su cuerpo lo habrían ocultado en algún río o quizás en el bosque.

Marcos no quería ni hablar, ni pintar, ni siquiera pensar en su misterioso cuadro. Lo único que deseaba con todo su corazón era ver a su amiga viva.

Era un lunes por la mañana, cuando camino a la escuela un anciano se le acercó a Marcos y le dijo:

—¿Eres tú el familiar de la muchacha desaparecida de quien se habla en la prensa?

-Sí señor -Marcos acierta con su cabeza y subiendo su desanimada mirada le responde-, ella es mi amiga.

-Joven no te preocupes por tu amiga, aún hoy los milagros existen y las casualidades parecen coincidencias, pero no es así, cada camino está escrito, déjame decirte el tuyo.

Marcos estaba frente aquel hombre con barba grande, sus cabellos eran blancos platinados y sus manos eran fuertes, lucía como un abuelo que había trabajado mucho el campo, el cual, por alguna razón, tenía mucha sabiduría o por qué no, tenía el don de ser vidente. Marcos le dijo:

-¿Cómo? ¿Sabe usted algo de ella? ¿Dónde está?

-Ella está en tus sueños y a tu lado -el anciano le respondió-. No decaigas en su búsqueda, porque, sólo tú podrás hallarla -seguidamente el anciano caminó unos pasos mientras se desaparecía delante del joven.

Marcos, quien no podía creer lo que estaba pasando se quedó mudo ante tal suceso y al llegar a la casa del profesor le contó lo sucedido a Yurbis, quien se queda también asombrado diciéndole:

-Amigo la vida está llena de acontecimientos así, pero no todos tienen la dicha de escuchar tales cosas.

Esa noche el joven Marcos tuvo un sueño en el cual ve a la joven amarrada a una silla en un lugar oscuro, así mismo logra ver la dirección de donde se encuentra. Seguidamente en medio del sueño escucha una voz cansada como la del anciano diciendo:

-Está en tus sueños, ¡búscala!

El joven despierta asustado, toma un papel y anota lo vivido en el sueño, especialmente la pista de una posible dirección.

-¡Profesor -se levantó como un loco y salió de su habitación. Tomó un suspiro y de un grito llamó a Yurbis-, ¡profesor venga pronto!

-¿Qué pasa Marcos?

-¡Vamos profesor, ven conmigo por favor!, ya sé dónde está Jackie, ¡vamos por ella! -dejo el joven lleno de valor.

-Espera un momento Marcos, ¿cómo así? -lo miro desconfiado por unos segundo-. ¿Sabes dónde está?

-Después te cuento, ¿me acompañas o no? -dijo Marcos algo alterado.

-Sí, pero no creerás que iremos así sin nada, espera aquí un momento, voy a mi cuarto.

Al regresar, el profesor trajo dos armas y tomaron su vehículo. Cuando iban de  camino decidieron llamar al detective para contar con su apoyo y también fuese a aquel lugar.

Pasado un rato llagaron a la dirección que el joven vio en el sueño. Era un viejo barrio lleno de grafitis, parecía totalmente abandonado.

La noche estaba bien oscura. Marcos y Yurbis salen del auto y se dirigen a una escalera la cual daba a un sótano, ambos caminan mirando hacia todos lados, repentinamente sienten como si algo se les acerca, al mirar hacia atrás…una sombra se mueve a velocidad… cuando de repente ven salir a un gato negro.

Muy asustados, se miran el uno al otro y le dijo el profesor a Marcos:

-¡Has silencio!

-Tranquilo -respondió el joven-, todo saldrá bien. Este es el lugar que vi en mis sueños.

El joven aceleró el paso y abrió una puerta tratando de hacer el menor ruido posible. Prendieron unas linternas y sacaron las armas. Después de haber dado varios pasos sienten unos ruidos y al enfocar las luces de las linternas vieron el pálido rostro de la joven Jackie. Si, allí estaba.

Marcos corrió hacia ella y cortó las amarras de sus manos y dejándola libre.

-!¿Estás bien? ¡Princesa! -preguntó nuevamente-, ¿estás bien?

Ella casi sin poder hablas le dio un si como señal.

La sacaron de allí y casi al llegar al auto del profesor Yurbis, se escucha el sonido de una patrulla de policía, al ver las luces del auto acercarse se dan cuenta que era el detective Harry.

-¿Todo bien muchachos? -preguntó Harry-, ¿cómo estás joven?

-Me siento débil -respondió Jackie mientras caía en los brazos de Marcos.

El detective llamó a una ambulancia la cual llegó minutos más tardes llevando a Jackie al hospital donde el joven Marcos la acompañó toda la noche.

La joven pasó varios días hospitalizada y Marcos nunca se apartó de ella.

El detective, viendo a Jackie un poco más recuperada, procede a interrogarla y le preguntó qué había pasado y ella contó lo sucedido.

-¿Sabes quién te hizo esto? -preguntó el detective.

-No, sólo pude ver sus ojos y escuchar su voz, pero nunca lo vi, siempre estuvo con su rostro cubierto. Recuerdo oírlo decir, nadie puede ser mejor que yo, ni si quiera Da Vinci. La verdad no entendí por qué él decía eso, -comentó la joven con una mirada triste al recordar los momentos sufridos en aquel oscuro sótano acompañada por tal psicópata.

-¿Recuerdas algo más? -le preguntó el detective.

-Sí, el olor era muy familiar. ¿Recuerdas Marcos cuando pintabas en tu cuarto el retrato de Vincent Van Gogh?

-Sí claro, ese es el olor del óleo y del aceite de linaza, -afirmó el joven Marcos con voz tranquila y rostro pensativo.

-No sé por qué -dijo Marcos mientras estaba analizando lo que Jackie había dicho-. Al parecer el hecho del secuestro y del incendio de mi casa tiene mucha relación el uno con el otro.

-Sí joven así es, eso mismo estamos sospechando. ¿Jackie, quieres decir algo más?, me parece que algo falta en todo esto -dijo el detective con un rostro dudoso.

-¿Le contaste al detective lo del cuadro y todo aquel episodio en la escuela con tu profesor? -dijo la joven.

-No, no le he dicho nada de eso, no veo la relación de eso con todo esto.

-Cuéntale Marcos.

-¿Pero de qué hablan? -preguntó el detective.

Marcos se ve forzado y le contó todo con lujos de detalles y al mismo tiempo pidió un lápiz y un papel y algo para apoyarse al escribir.

Afanadamente comenzó a dibujar y pasados quince minutos tenía ya un retrato del    llamado "Profesor Robín".

-¡Es él!  -gritó la joven asustada-, ¡es él!

-¿Quién? -dijo el detective.

-El hombre que me secuestró.

-¿Cómo lo sabes? -preguntó el detective.

-Sí, es él, esa es su mirada, esa expresión… es la de él, le vi sus ojos de cerca puedo sentir su maldad al ver su retrato.

El detective se levanta y le dijo a Marcos y a la

joven:

-Todo esto me parece un poco raro, pero podrías dármelo, me hace falta ese retrato -el detective lo toma y continúa diciendo-: Les prometo que encontraré al culpable -Harry voltea hacia Marcos y le dijo-: Marcos, por favor dile al profesor Yurbis que me perdone por desconfiar de él, yo sólo cumplía con mi trabajo.

Dura tarea es cuando tu profesión exige evaluar y juzgar a otros seres humanos. Sí, es verdad, la línea es muy delgada, pero la ética es la tabla de salvación.

Ese día le dieron de alta a la joven y Marcos por primera vez tuvo la oportunidad de conocer a su familia.

## CAPÍTULO XVI

# EL ALMA EN EL LIENZO

La pesadilla parecía haber terminado. Marcos se dirigió a casa del profesor Yurbis donde se estaba quedando. Al verlo le cuenta el desenlace de todo lo acontecido en el hospital y también le da las disculpas enviadas por el detective.

Marcos estaba muy ansioso e inmediatamente después le pidió a su profesor un pedazo de lienzo y algo de óleo para pintar.

-Quiero saber a qué se refería esa voz que me dijo:

*" Tú tienes el don, que, a través del arte de la pintura, puedes cambiar las almas de las personas".*

Yurbis busco en un armario algunos materiales y se fueron a la habitación de Marcos, el profesor lo acompañó mientras él pintaba.

El cuarto estaba un poco oscuro, sólo iluminaban las luces de las velas cerca del lienzo. Con maestría el joven tomó el pincel y comenzó añadiendo óleo al lienzo, sacaba luces y sombras de manera sorprendente. El profesor Yurbis lo miraba con admiración, quedaba sin palabras al ver que tan perfecto, rápido y con qué talento se ejecutaba ese retrato; ni si quiera él mismo, siendo profesor, tenía tales facultades.

-¿Cómo puede manejar los rasgos tan fácilmente sin contar con ningún modelo delante de él? ¡Es asombroso! -dijo el profesor al ver terminada la obra.

-¡Pero espera un poco! ¿Qué es esto?

El profesor, al observar la obra de cerca, se da cuenta que Marcos había hecho su retrato.

Era como si estuviera mirándose en el espejo del alma. Un laberinto de sensaciones ocurre dentro de él y comienza a tener una sensación muy fuerte, pareciera verse a sí mismo reflejado en la expresión de dicho retrato. En sólo segundos siente que su corazón se quebranta y de pronto todos esos recuerdos oscuros vinieron a su mente. El abandono de su padre cuando él tan solo era un niño, los maltratos y burlas de sus    compañeros de escuela durante sus años de juventud, los cuales nunca había perdonado; las lágrimas corrían por sus ojos, que tristeza tan grande. ¡Cuántas cosas les hice a esas mujeres!, ¿Cómo fui capaz?

Marcos al ver en el estado de trance en cual se encontraba el profesor le pregunta:

-¿Qué le pasa profesor?, ¿qué pasa ?

Yurbis lo abrazó y le dijo:

-¿Qué he hecho? ¿a cuántas mujeres he traicionado y cuántas cosas no debidas he hecho?

El profesor cayó sobre sus rodillas. Fue un momento de cambios, definitivamente verse reflejado en esa obra transformó su ser. El sintió como si un gran peso se le hubiese quitado de encima.

Entonces Marcos entendió las palabras en su sueño:

" *Tú tienes el don, que, a través del arte de la pintura, puedes cambiar las almas de las personas*".

Después de presenciar cómo su propio profesor transformó su alma al verse reflejado en su arte, Marcos quedó muy asombrado casi atónito.

Pero Yurbis fue y le dijo:

-Al cerrar mis ojos tuve una visión.

-¿Cómo así? -le preguntó Marcos.

-Sí, me veía sentado sobre una roca en un campo de flores amarillas y un hombre con vestiduras blancas y con su rostro cubierto de luz me decía con una voz muy dulce, mientras pasaba su mano sobre mi cabeza; llora que tú eres mi hijo.

Marcos no supo que decir ante tan maravilloso suceso.

Habían pasado varias horas, Yurbis al ver la cara de asombro de marcos le sonrió y le dijo:

-¿Recuerdas el libro del cual te hablé?, donde aparece el texto del pergamino.

-Sí -dijo Marcos.

-Bueno, te lo enseñaré, ¡sí señor te lo enseñaré!

Yurbis abrió una gaveta del escritorio y se lo mostró a Marcos. Las horas pasaban y estos dos no terminan de hablar y meditar frente a los relatos y moralejas del libro.

El profesor se levantó, luego de respirar profundamente y le comentó a Marcos:

-¡Ay hijo!, este libro, no sabes cuantos problemas me ha traído, tú no te imaginas de cuántas verdades prohibidas se ha perdido este mundo. Pero bueno, creo que ya está bueno de tantas reflexiones.

Yurbis con una sonrisa en la cara le dijo:

-Vamos a los hechos, eso al final es lo importante. Tengo algo en mente. La próxima semana organizaré una exposición de algunas obras de mis alumnos más destacados y sin duda, tú eres un genio querido Marcos, yo debería aprender de ti, -decía el profesor con mucha sinceridad.

-¡No diga eso!, usted es muy bueno y sabe mucho de arte y también de la vida.

-¡Sí joven!, ¡gracias!, ¡gracias! Pero quiero animarte y te prepares unas diez obras para presentarlas en la galería de la escuela, es una muy buena oportunidad y así todo el mundo podrá apreciar tu talento y la hermosura de tus obras.

-Usted definitivamente me halaga y yo creo que esto merece un café. ¡Sí un verdadero café!

Ambos reían a carcajadas y en medio de risas afectuosas Marcos le dijo:

-Yurbis, tomar un buen café en buena compañía es algo muy especial. Aún recuerdo cuando me invitaste aquel café y gracias a ese momento comenzó toda esta amistad tan maravillosa.

-Sí, sí es verdad -respondió sonriendo.

-¿Recuerdas?, luego de allí fuimos a casa y fue cuando pudiste ver todo este lío.

-Sí, sí, sí.

-En un café conocí a Jackie y gracias a ese café, hoy por hoy, ella es…, uhm…o sea, ella…

- Yo entiendo, tranquilo no te preocupes en explicar jajaja.

Marcos se sintió descubierto de algo que, conscientemente, él tampoco había aceptado.

-Pero hay algunos cafés amargos hijo -continuó Yurbis-, por culpa de un café perdí al amor de mi vida.

-¿Qué dices?

-Sí amigo, ser artista no es fácil, muchas veces abundan las satisfacciones, pero entre muchas otras carece el dinero.

-Sí, eso es muy triste. Pero…, ¿cuál es la relación del café con todo eso?

-Mi esposa trabaja en un café. Ella decidió refugiarse en ese lugar para obtener el dinero necesario para vivir. Poco a poco fueron más las horas dedicadas a su trabajo mientras yo, pintaba y pintaba. Luego conseguí este trabajo de profesor de arte y le pedí que no trabajara tanto, pero no quiso reducir su tiempo de trabajo. Pues, yo decidí irme de casa.

-¿Y no supiste más de ella?

-Sí, la verdad siempre paso a escondidas por frente del café y alimento mi amor viéndola desde lejos. Por cierto, ese lugar queda cerca de tu casa.

Marcos no pudo disimular su asombro, pero no pudo emitir palabra alguna y sólo le dio la mano como signo de solidaridad.

Transcurrieron apenas cinco días en los cuales el joven sólo pasó su tiempo en la escuela y encerrado en su habitación. Siempre acompañado de aquel misterioso cuadro aparecido en su casa. Era impresionante como la mirada de Jesús en el cuadro lo seguía a donde quiera él se movía, siendo testigo de la maestría y el amor empleado por Marcos a la hora de pintar cada una de sus obras.

Casi a diario, la joven Jackie pasaba por la casa de Yurbis para conversar de arte y contemplar la majestuosidad del talento de Marcos.

Era evidente que, en un pueblo tan pequeño, las noticias se esparcieran rápidamente y toda la comunidad sabía del evento de arte que se aproximaba, al igual de cómo las personas se transformaban al ser retratados por Marcos. Hasta el sacerdote del pueblo comentó en su prédica, que el arte era un don concedido por Dios y que pronto podríamos disfrutar de una grandiosa muestra.

El joven artista había incluido en la selección de pinturas, no sólo a los grandes maestros del arte, sino a varios personajes del pueblo quienes irradiaban un alma hermosa.

Es así como pintó a un carpintero llamado "Israel" (Pag.114), quien había hecho los marcos para todos los cuadros de la exposición; también a un anciano que todos conocían por el nombre de "Rabino" (Pag.115); al hijo de una enfermera quien quedó maravillada ante el retrato de su hijo que ante los ojos de Marcos lucía como un "Ángel" (Pag.113). Todos estos personajes fueron transformados por el arte del joven pintor y a partir de ese momento ya no eran los mismos de siempre. Hasta el mismo Marcos, utilizando una foto que le había regalado su añorada y amada madre, se atrevió a realizar un autorretrato de cuando era tan solo un bebé.

El mismo lloró desconsoladamente al verse reflejado en su propia obra y enfrentarse a su propia realidad. (Pag.116).

Un gran afiche invitando a la exhibición artística de Marcos, colgaba en la puerta de aquel bar donde conoció a Jackie.

Ni hablar de la biblioteca; su director había pedido ser patrocinador oficial del evento y entregaba panfletos a la entrada y salida del lugar.

No había nadie que se perdiese el evento. Hasta el inspector Harry organizó un operativo de asistencia policial y de ambulancias para la ocasión.

En medio de toda esta locura causada por la organización del evento, Marcos se dirige a su amiga y le dijo:

-Jackie, necesito un gran favor.

-¿Cómo te puedo ayudar? -respondió la joven.

-Yo sé que ya se colocó un afiche en aquel Bar-Café donde nos conocimos, ¿recuerdas?

-Claro, claro.

-Necesito que hables con la mesera y hagas que por ninguna razón ella pueda dejar de ir al evento. Dile que yo la quiero invitar especialmente.

-Ok, ok Marcos, cuenta con eso.

# CAPÍTULO XVII

# UN NUEVO DIA

El gran día de la primera exposición de Marcos como el artista más destacado de su escuela y el más talentoso de todos lo que antes que él pasaron por ella, había llegado.

No había nada igual, todos tenían dudas en relación a cuál era la leyenda de lo que pasó en aquella escuela de arte. Cómo fue que alguien en su segundo día de clases superó a su maestro, de quien se dice, no volvió a pintar y desapareció de forma misteriosa.

Va a comenzar el evento y se escuchan aplausos para recibir al presentador. Ruidos de un sistema de sonido no tan profesional llenan el espacio con un "feed back " …

-¡Aló, aló…!¡Buenas noches! -Los aplausos aparecen de nuevo como muestra de bienvenida y el profesor Yurbis comenzó diciendo:

-En la historia del arte hubo un genio llamado Leonardo da Vinci, quien esta noche nos honra con su presencia en una de las obras de Marcos.

El maestro Leonardo ha sido el único, que, mediante la ejecución de un ángel, en un encargo hecho por su profesor Andrea Del Verrocchio, el joven Leonardo supero a su maestro y dice la historia que tal fue la frustración de su profesor que nunca más volvió a tocar los pinceles.

En la actualidad, por segunda vez, ocurre lo mismo con el artista que estamos presentando. ¡Recibamos con un fuerte aplauso al joven artista Marcos!

Todos aplaudían, así fue la presentación que le hizo el profesor Yurbis al joven artista Marcos, a quien toda esa noche caminaban obra por obra contemplado el talento inmejorable.

Las miradas de cada uno de los asistentes seguían cada paso del joven, mientras que otros le pedían una foto junto a ellos y su autógrafo. Este era su momento, el momento más importante de la vida del joven Marcos. Tantos halagos, tanta atención que ni él mismo se podía creer que algo así estuviese pasando.

A cada obra, una luz tenue la alumbraba, brindándole el enorme placer a los que visitaban esa noche, la oportunidad de ver arte en su esencia más pura.

Llegado el momento de decir unas palabras, el joven artista caminaba hacia al pódium, cuando repentinamente sintió que alguien le empujo, a tal punto que dio unos tres pasos hacia el frente y casi cae en el piso. Al voltearse para tratar de ver quién lo empujó, se da cuenta que la persona sacó un arma para dispararle. La cara de todos se transformó en sólo segundos y con terror corrían hacia fuera. Los gritos no se hicieron esperar y algunos se tiraron al piso para evitar ser alcanzados por alguna bala. La galería se había convertido en todo un infierno.

El agresor continuó apuntando, colocando el dedo en el gatillo del arma. Hizo como que si lo va a presionar para disparar.

Sí, era él, aquel quien fuese su primer profesor, Robín.

-¡No puede ser!, ¡profesor! ¿qué hace?

Con mirada de odio y con tono de furia le dijo al joven:

-¡Cometiste un grave error al hacerme quedar en ridículo delante de todos!

Marcos lo vio y tratando de calmarlo con sus manos le dijo:

-Profesor no diga eso, ¡si a usted le debo mucho!

-¡Cállate!, ¡mal agradecido!

Y con sarcasmo exclamó:

-Con que "el alumno superó al maestro", eso es lo que todos dicen, ¿no? Pero lo que no saben es que fue: "El maestro quien mató al alumno".

La joven Jackie, quien estaba a pocos pasos de la escena, al escuchar las palabras del malvado profesor, viajó en su mente unos quinientos años atrás, cuando luego de que el artista    Leonardo da Vinci superara a su profesor, pocos días después, recibió una carta anónima donde se le acusa de sodomía y fue con tal acusación que sería sentenciado a pena de muerte por las autoridades.

Jackie entendió rápidamente que estaba frente a la misma escena, pero esta vez los protagonistas eran Marcos y Robin.

La joven se armó de valor y corrió hacia el profesor Robin y lo empujó fuertemente por la espalda. El profesor pierde el balance y automáticamente apretó el gatillo y la bala salió escapada hacia Marcos. En ese momento se escuchó un grito de uno de los presentes que dijo: "Akani..." (Que significa enemigo en la lengua indígena "Taína"), lanzándose a proteger a Marcos y súbitamente lo interceptó la bala.

Marcos se lanzó sobre Robín y ambos luchaban cuerpo a cuerpo mientras que el arma apuntaba al techo. Marcos le sujetaba la mano para tratar de sacarle la pistola, pero es Yurbis quien estando lejos de la pelea, corrió hacia ellos y al golpear a Robín, el arma cayó de sus manos rodando por el piso.

Robin al voltear su rostro en busca de Yurbis, se

levantó como una fiera humana, cuando de pronto sintió que ya todo estaba perdido y cayó derrotado de rodillas. Unas lágrimas caían por sus mejillas, mucha tristeza lo embargaba. Seguidamente el profesor Robín quedó mirando fijo hacia la pared y ve aquel retrato que Marcos había hecho para describir su rostro al detective Harry cuando lo del rapto de Jackie.

Sí, era su retrato en la pared, Robín abrió los ojos de asombro y agarró su cabeza y al mismo tiempo limpiaba sus lágrimas y dijo con voz temblorosa:

-Ese no puedo ser yo, con esa mirada tan aterradora, puedo ver mi alma, yo no quiero ser así, no, no, no quiero, ¡ese no soy yo…!

Alguien se abalanzó sobre Robin y le puso las esposas, era el detective Harry, quien procedió y sacó de la galería al malvado y despiadado Robin encerrándolo en su auto y llevándolo hacia la prisión.

La joven Jackie corrió hacia Marcos y lo beso fuertemente mientras que el colocó su mano en su cuello y correspondió al beso lleno de amor de la hermosa princesa.

El profesor y amigo Yurbis le da un abrazo y le dijo:

-Cuando una persona tiene mucho talento tiene que ser humilde, así como tú lo eres Marcos, porque si no esta historia hubiese sido diferente.

Sorpresivamente se escucha a una mujer que, aproximándose con premura, grita:

-¡Marcos!, ¡Marcos!

Era aquella mesera, que, en su oportunidad, habló a Marcos con tanta sabiduría,

-Marcos ¿estás bien?

-¿Leidy? -preguntó Yurbis como con temor a estar equivocado.

Marcos lo miró y le dijo:

-Quizás es el mejor momento para tomarse un buen café con Leidy.

Y mirando a Leidy le dijo:

-Tú sabes cómo me gusta, con mucha azúcar.

Aquel anciano que había aparecido semanas atrás y profetizando a Marcos del hallazgo de Jackie, salió de entre las personas y acercándose al joven y al profesor le dijo a Marcos:

-Yo fui quien te hable en el sueño y siempre he estado contigo, naciste para ser quien eres. El cuadro que apareció en tu cuarto lo hiciste tú mismo esa noche mientras yo te enseñaba el verdadero propósito del arte, que es y ha sido siempre una forma de comunicar a tus semejantes, el verdadero propósito de estar vivos. Los colores, pinceles y el lienzo son tu alma y con ellos puedes reflejar el alma de otros. El pergamino que estaba junto a la obra, lo leíste literalmente y no toda escritura se lee así. Escucha a tu corazón y ve más allá. Toma la primera letra de cada una de las palabras y entenderás mi verdadero mensaje.

El anciano se marchó diciendo:

-Estoy en tus sueños, estoy a tu lado en tu caminar y sujeto tu mano mientras pintas, en cada trazo y color, allí estoy yo.

Yurbis y Jackie se quedan mirando a Marcos, ellos tenían la impresión que Marcos hablaba con alguien a quien ellos no podían ver.

Unos paramédicos llevaban en una camilla el cadáver de aquel hombre que, dando aquel grito desconocido, se interpuso entre la bala y Marcos. Era el cadáver del indígena.

"Nadie ama más que aquel que da la vida por sus amigos".

# NOTAS DEL AUTOR

Desde niño imaginaba conscientemente historias que me motivaban a hacer mis dibujos infantiles. Sí, soy pintor. El arte de pintar ha estado en mí de forma instintiva y con el tiempo se ha convertido en lo que para mí es, mi estilo de vida.

Siempre soñé con escribir un libro donde pudiera expresar, con la palabra, todo lo que llevo dentro y durante esta experiencia descubrí que hay cosas que no se pueden expresar con palabras, más aún, sí con la pintura.

Todas las imágenes de este libro son pintadas y dibujadas por mí.

Todas tienen un elemento propio que trasciende más allá de un simple rostro.

Al terminar esta aventura de "El Revelador De Almas" me di cuenta que había un personaje que para mí era muy importante, del cual aprendí mucho, pero, aunque la narrativa no le exigía a Marcos que los pintara, yo no pude evitar la tentación de compartirles su alma y es por eso que aquí les dejo a mi

Indígena by Elí Benítez Art

amigo el indígena.

Otras obras presentadas por Marcos en la exposición de arte:

Jackie by Eli Benitez Art

EL Angel  by Elí Benítez Art

El Marquetero by Eli Benitez Art

Rabino by Elí Benítez Art

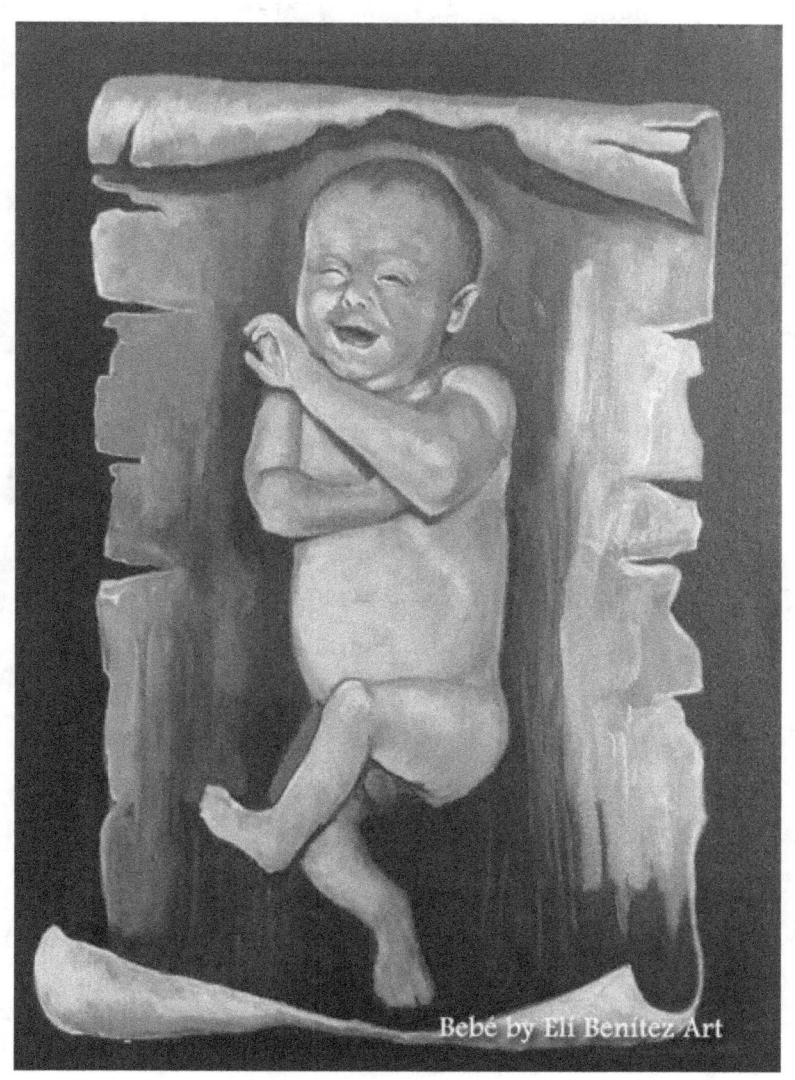

Bebé by Eli Benitez Art

_Notas:_

ELI BENITEZ ART

*Notas:*

*Notas:*

## _Notas:_

*Notas:*

## _Notas:_

*Notas:*

*Fin de las notas*